Lena – Fremde Welt – Savonarola

SIMON WEIPERT

Lena – Fremde Welt – Savonarola

Drei Erzählungen

Bibliografische Information der Deutschen Nationalbibliothek:
Die Deutsche Nationalbibliothek verzeichnet diese Publikation
in der Deutschen Nationalbibliografie; detaillierte bibliografische
Daten sind im Internet über https://portal.dnb.de/ abrufbar.

© 2022 Simon Weipert
Grafik: Mikhail Starodubov/ Alones/ MoonBandit/ Shutterstock.com
Satz, Umschlaggestaltung, Herstellung und Verlag:
BoD – Books on Demand, Norderstedt

ISBN: 978-3-7557-9073-0

INHALT

LENA

Hunderte von Kilometern unter ihr zog sich der Unterlauf des Stromes durch die nahezu baumlose Tundra. In Rebeccas Phantasie erschienen die einsamen, melancholischen Ebenen, die den Fluss umgaben, die Moore, Seen und Graslandschaften, in denen sich einzelne verkümmerte Bäume erhoben wie die letzten Zeugen der Wälder, die der Fluss auf seiner Reise in die ferne Einsamkeit der Arktis durchquert hatte. Sie sah die hoch aufragenden Felsen, die nebelerfüllten Täler, die den Flusslauf säumten, und die weit verzweigten Arme des Deltas, in denen sich das Wasser des Stromes in unzähligen Seen und Tümpeln verlor.

Nachdem sie längere Zeit die Fotos und Satellitenaufnahmen der sibirischen Landschaften betrachtet hatte, schloss Rebecca den Bildband und wandte sich anderen Büchern zu, die ihre Neugier weckten. Es war der Tag nach ihrem zweiten erfolgreichen Konzert als angehende Pianistin, an dem sie sich ein wenig von der harten Arbeit und der Anspannung der vergangenen Wochen erholte. Nachdem ihr Freund Christian morgens weggefahren war, um Verwandte zu besuchen, verbrachte Rebecca einen Teil des Herbsttages allein zu Hause, hörte Musik und blätterte in den Büchern in ihren Regalen, unter denen als Nächstes eine Abhandlung über die russische Revolution ihre Aufmerksamkeit auf sich zog. Ihr Interesse für dieses Thema hing nicht zuletzt damit zusammen, dass ihre jüdische Familie in den späten zwanziger Jahren nicht allzu lange vor dem Beginn der Hungerkatastrophe die Ukraine verlassen hatte. Als sie das Buch durchsah, bemerkte sie auf den ersten Blick ein Propagandagemälde des sowjetischen Malers Iwan Kulikow, das den Titel »Ein Mädchen aus der militarisierten Komsomol-Gruppe« trug. Sie fragte sich, was in der uniformierten, namenlosen jungen Frau vorgehen mochte, die vor einer roten Sowjetfahne und dem Hintergrund einer den Horizont umspannenden Stadt- und Industrielandschaft erwartungsvoll in eine unbestimmte Ferne blickte, das Gesicht hell erleuchtet und die Augen gläubig und voll innerer Gewissheit auf ein Ziel gerichtet, das sie kannte, während es dem Betrachter verborgen blieb. Sie schien im Besitz einer letzten Wahrheit zu sein, deren Licht ihre Seele erfüllte und die sie ebenso wie die Fabriken hinter ihr als Teil einer Welt erscheinen ließ, die einer strahlenden Zukunft entgegenging. Rebecca versuchte sich vorzustellen, wie ihr Leben ausgesehen haben könnte und welches Schicksal sich hinter dem Porträt einer unbekannten Kämpferin für den Sozialismus verbarg. Schließlich stellte sie das Buch zurück und schlug die Zeitung auf, wo sie nach wenigen Minuten auf einen Bericht über die Anfänge der sowjetischen Raumfahrt stieß, in dem davon die Rede war, dass es vor Juri Gagarins erstem erfolgreichem Raumflug schon mehrere andere Versuche gegeben habe, die mit Fehlschlägen geendet hätten, ohne dass darüber berichtet worden wäre. Die Raumfahrt faszinierte Rebecca seit Jahren, und manchmal ertappte sie sich bei dem Gedanken, dass sie trotz aller Begeisterung für die Musik vielleicht lieber Astronautin als Pianistin geworden wäre.

Nachdem sie die Lektüre der Zeitung beendet hatte, klingelte es an der Wohnungstür. Als Rebecca öffnete, sah sie, dass die Besucherin Steffi Weber war, eine ihrer Professorinnen an der Musikhochschule. Nachdem Rebecca sie hereingebeten hatte, sagte Steffi:

»Ich möchte Ihnen zu Ihrem Konzert gestern gratulieren. Sie haben wirklich ganz hervorragend gespielt.«

»Danke«, erwiderte Rebecca.

»Vor allem am Schluss, beim Precipitato-Satz der B-Dur Sonate von Prokofjew, waren Sie ganz in Ihrem Element.«

»Stimmt ... Diese Epoche fasziniert mich. Das liegt vielleicht auch an der Geschichte meiner Familie, die ja aus der Sowjetunion stammte.«

»Ja, ich weiß. Ihre Vorfahren sind damals ausgewandert, gerade noch rechtzeitig, denn was danach kam ...«, sagte Steffi.

Rebecca senkte den Kopf und antwortete: »Manche Erfahrungen wirken heute noch nach, auch wenn sich die Welt mittlerweile radikal verändert hat.«

»Ja ... Die Vergangenheit lebt immer irgendwie in uns weiter ... Aber inzwischen scheinen Sie sich hier in Europa glücklicherweise ziemlich wohl zu fühlen.«

»Ja«, entgegnete Rebecca. »Frankfurt ist meine Heimat, und ich lebe gerne hier.«

»Hoffentlich bleibt das auch so.«

»Ja, das hoffe ich auch ... Leider gibt es auch heute einige Entwicklungen, die mir nicht gefallen ... Sie wissen schon, was ich meine.«

»Ja. Wir haben ja schon öfter darüber gesprochen. Heute ist natürlich vieles ganz anders als in der Vergangenheit, aber das Verhalten der Menschen bleibt grundsätzlich gleich, genauso wie die Faszination für Gewalt und totalitäre Ideen«, sagte Steffi und fügte mit einem Anflug von Ironie hinzu: »Wer weiß? Vielleicht werde auch ich eines Tages auswandern müssen ... Ich bin niemand, der sich bedingungslos anpasst, und meine Neigung zur Rebellion hat mich schon in meiner Jugend manchmal in Gefahr gebracht, auch wenn damals alles gutgegangen ist.«

»Ja ... Sie haben mir die Geschichte einmal erzählt. Manches klingt so unglaublich, dass man es nicht für möglich halten würde, wenn es nicht wahr wäre.«

»Das stimmt ...«

»Ich hoffe natürlich, dass Sie hierbleiben werden«, sagte Rebecca, wobei leichte Besorgnis in ihrer Stimme mitschwang.

»Ich habe auch nicht vor zu gehen, denn meine Partnerin Ulrike und ich fühlen uns eigentlich hier zu Hause.«

»Seien wir optimistisch«, erwiderte Rebecca, und Steffi nickte.

Anschließend sprachen die beiden über Rebeccas Pläne für die nähere Zukunft und über ihre bevorstehende Abschlussprüfung.

»Sie werden im Examen natürlich keinerlei Probleme haben, im Unterschied zu manchen anderen ... Ich habe in einigen Wochen eine Prüfung mit einer Kandidatin, für die ich leider nicht sehr optimistisch bin. So etwas ist immer ziemlich unangenehm und gerade heute manchmal auch heikel.«

»Ich verstehe, was Sie meinen«, antwortete Rebecca.

»Wissen Sie schon, was Sie in der Prüfung spielen werden?«, fragte Steffi nach einem Augenblick.

»Noch nicht genau ... Vielleicht die fis-Moll Sonate von Schumann und die Etüden Opus 25 von Chopin.«

»Diese Stücke würden perfekt zu Ihnen passen.«

»Vor allem in der Schumann-Sonate spiegelt sich ein Teil von mir selbst wider.«

»Ja, das habe ich auch schon bemerkt.«

»Sie kennen mich inzwischen ziemlich gut.«

»Erfahrene Lehrer finden so manches über die Persönlichkeit ihrer Studenten heraus. Umgekehrt sicher auch ...«

»Ja«, antwortete Rebecca, und beide lachten.

Nach einer Weile verabschiedete sich Steffi, und Rebecca setzte sich wieder in den Sessel vor dem Bücherregal, wo sie sich das Gespräch mit Steffi durch den Kopf gehen ließ, bevor sie noch einmal einen Blick in das Buch über die russische Revolution warf, das ihrem Freund gehörte, der Geschichte studierte. Wieder betrachtete sie das Porträt des »Mädchens aus der militarisierten Komsomol-Gruppe«, von dem sie sich berührt fühlte, als ob sie mit der jungen Frau auf dem Bild etwas gemeinsam habe, was sie nicht mit Worten hätte ausdrücken können. Nach längerer Zeit jedoch spürte sie eine unwiderstehliche Müdigkeit, was nicht verwunderlich war, weil sie nach dem Konzert erst sehr spät zu Bett gegangen und am Morgen mit Christian früh aufgestanden war. Nach einer Weile gab sie schließlich ihrem Ruhebedürfnis nach, stellte das Buch zurück, legte ihren Kopf auf die Rückenlehne und überließ sich der Welt in ihrem Inneren.

Sie flog nach Osten, dem Licht der aufgehenden Sonne entgegen. Zehn Stunden zuvor war sie vom Luftwaffenstützpunkt Petropawlowsk-Kamtschatski zu einem Aufklärungsflug über Ostsibirien gestartet. Sie war zunächst nach Nordwesten geflogen, über schneebedeckte Gebirge und nebeldurchzogene Ebenen hinweg bis zur Küste des arktischen Ozeans, zu den Neusibirischen Inseln und schließlich entlang des Laufes der Kolyma nach Süden, bis sie sich wieder der Halbinsel Kamtschatka näherte, deren Berge sich über die hellgraue Wolkenschicht erhoben, die in jener Vollmondnacht im April weite Teile Ostsibiriens bedeckte. Wie schon oft zuvor war sie sich auch in dieser Nacht der Einsamkeit bewusst geworden, in der sie sich befand, unter sich die eisigen Weiten der Arktis und über sich das Weltall, überstrahlt vom Licht des Vollmonds, das sie die Kälte und Unendlichkeit des Alls spüren ließ und ihr doch zugleich das Gefühl gab, Teil dieser fernen Welt zu sein. Immer wieder warf Lena einen Blick auf den Mond, dessen Krater, Ebenen und Gebirge ihr mittlerweile beinahe vertraut waren, als ob sie zu einer kosmischen Heimat gehörten, in der sie sich geborgen fühlte.

Als sie Kamtschatka überquerte, zeigte sich das erste Licht des beginnenden Morgens, das die Wolken unter ihr in zartem Rot erstrahlen ließ. Darüber erhoben sich die weißen Gipfel der Vulkane, deren steile Kegel von den Strahlen der Sonne in ein helleres Licht getaucht wurden und die wirkten wie die Vorboten eines neuen Tages. Einige Zeit später, als sich Lena im Sinkflug ihrem Ziel näherte, erstreckten sich über ihr wieder die Wolken, die Petropawlowsk so oft in melancholisches Grau hüllten. Kurz vor der Landung erblickte sie schließlich die erleuchtete Stadt mit den sie umgebenden Bergen und der dunklen, noch von der Schwärze der Nacht erfüllten Meeresbucht.

Nach ihrer Ankunft erstattete sie dem Kommodore des Luftwaffengeschwaders, Oberst Tschuragin, ausführlich Bericht über ihren Flug und fuhr anschließend nach Hause, wo sie ihren Ehemann Michail traf, der ebenfalls Luftwaffenoffizier war. Beide frühstückten gemeinsam, bevor Michail seinen Dienst antrat. Er war 30 Jahre alt, drei Jahre älter als Lena, und wesentlich größer als seine Frau, die mit ihrem zierlichen Körperbau neben ihm beinahe zerbrechlich wirkte.

»Wie war dein Flug heute Nacht?«, fragte er.

»Gut ... Keine besonderen Vorkommnisse.«

Michail nickte und fuhr fort:

»Heute ist für dich ein besonderer Tag. Man bekommt nicht jeden Tag eine solche Auszeichnung.«

»Richtig«, antwortete Lena. »Ich bin schon ganz aufgeregt.«

»Ja ...«, erwiderte Michail, und Lena bemerkte, wie öfter in letzter Zeit, bei ihm eine zunehmende Gleichgültigkeit und Entfremdung, die sie verletzte und eine tiefe Angst in ihr weckte, obwohl sie diese Gefühle so gut zu verbergen verstand, dass niemand sie erraten hätte, zumal sie Gespräche über ihr Privatleben peinlich vermied.

Wenige Minuten später verabschiedete sich Michail, und Lena ging zu Bett, um bereit für den Abend zu sein, an dem ihr zusammen mit einigen Kameraden eine Medaille für aufopfernde, treue Dienste für Staat und Partei verliehen werden sollte.

Nachdem sie am späten Nachmittag aufgestanden war und ihre Galauniform angezogen hatte, kämmte sie ihre kurzen, leicht lockigen braunen Haare und schminkte ihr Gesicht unauffällig, aber sorgfältig, wie sie es immer vor bedeutsamen Ereignissen tat.

Während der Abend anbrach und die Dunkelheit wieder von der Stadt, den Vulkanen und der Meeresbucht Besitz ergriff, fuhr Lena in die Innenstadt, vorbei an endlosen Reihen mehrstöckiger Wohngebäude, die in ihren Augen den Fortschritt des Sozialismus verkörperten, auch wenn es ihr im tiefsten Inneren manchmal so schien, als hätten die Menschen ihre Seele an diese neue Welt verloren. Unwillkürlich wanderten ihre Blicke während der Fahrt freilich auch immer wieder zu dem gewaltigen Vulkan, der die Stadt und die Wolken weit überragte, als sei die Geschichte der Menschen zu seinen Füßen nur ein kurzer, vergänglicher Augenblick.

Es war wenige Minuten vor halb acht, als Lena den Kulturpalast erreichte, in dem die Feierstunde stattfinden sollte. Nachdem sie ihren Wagen abgestellt hatte, betrat sie das von einer riesigen Kuppel überwölbte Gebäude, das mit seiner dorischen Säulenfront an klassizistische Bauten erinnerte und eine Vielzahl von Sälen und Räumen beherbergte. Die Verleihung der Verdienstorden fand im großen Saal statt, der Platz für mehr als tausend Menschen bot und dessen in dezentem Beige gehaltene Decke mit geometrischen Stuckelementen verziert war. Während sich der Saal langsam füllte, traf Lena den Parteisekretär der Region Kamtschatka, der sie kurz begrüßte, bevor sie in der ersten Reihe Platz nahm. Bald darauf betrat Michail den Saal, winkte Lena kurz zu und suchte sich einige Reihen hinter ihr einen freien Platz. Etwa zehn Minuten später eröffnete der Parteisekretär die Veranstaltung mit einer längeren Rede, in der er ausführlich die wirtschaftlichen, technischen und gesellschaftlichen Fortschritte würdigte, die in den fünfziger Jahren erreicht worden waren, und die mit dem Satz schloss: »Lasst uns weiter voranschreiten auf dem Weg des Sozialismus, der die Menschheit in den kommenden Jahren in neue, ungeahnte Hohen führen wird.«

Anschließend begann die Verleihung der Medaillen, wobei Lena als Erste an der Reihe war. Der Parteisekretär hob ihr jugendliches Alter von 27 Jahren hervor und betonte ihre unerschütterliche Treue zu Staat und Partei sowie ihren aufopferungsvollen Einsatz in der Luftwaffe: »Wie schon ihre Mutter haben auch Sie früh als Mitglied des Komsomol Ihre sozialistische Einstellung gefestigt und seit Ihrer Jugend vorbildlich am Aufbau des Sozialismus mitgewirkt. Als Pilotin der Luftwaffe haben Sie sich sodann ab Ihrem 18. Lebensjahr durch einwandfreien Dienst und großes sozialistisches Arbeitsethos ausgezeichnet. Mögen Sie anderen zum Vorbild dienen und in Ihrer Laufbahn weiter unaufhaltsam nach oben streben!« Daraufhin betrat Lena die Bühne, und der Parteisekretär heftete ihr unter dem Beifall von mehreren hundert geladenen Gästen im Saal die Verdienstmedaille ans Revers. Nachdem Lena wieder Platz genommen hatte, wurde neun weiteren Piloten der Luftwaffe die »Medaille für einwandfreien Dienst« verliehen, bevor alle Anwesenden die sowjetische Nationalhymne und die Internationale sangen und der Parteisekretär die Versammlung schloss.

Als Lena und Michail zu Hause ankamen, umarmten sie einander kurz, und Michail gratulierte Lena nochmals zu ihrer Auszeichnung. Beide waren seit ihrem 18. Lebensjahr Soldaten und, wie ihre Eltern, tief überzeugte Sozialisten. Sie hatten sich auf dem Luftwaffenstützpunkt in Petropawlowsk kennengelernt und vor drei Jahren geheiratet, doch sahen sie sich bei weitem nicht jeden Tag, weil sie zu unterschiedlichen Zeiten zu Patrouillenflügen über Sibirien und den Pazifik aufbrachen und oft nur zum Schlafen nach Hause kamen. Sie lebten in einer Dreizimmerwohnung im zweiten Stock eines fünfgeschossigen Gebäudes, in dem etwa 50 Paare und Familien wohnten und das an einen kleinen Park grenzte, dessen Bäume aber jetzt, im gerade erst beginnenden Frühjahr, noch kahl waren. Michail und Lena gingen ins Wohnzimmer, das mit zwei kleinen Sesseln, einem Sofa, einem Tisch und einem Radio eher spartanisch eingerichtet war, und tranken vor dem Zubettgehen noch eine Tasse Tee. Über dem Radio hing eine Kopie eines Propagandagemäldes, das Lenas Mutter zeigte, die dem Maler als Vorbild für ein »Mädchen aus der militarisierten Komsomol-Gruppe« gedient hatte. In der

Tat war ihre Mutter Mitglied einer solchen Gruppe gewesen und hatte später, während des Zweiten Weltkrieges, als Scharfschützin in der sowjetischen Armee gedient. Sie war, ebenso wie Lenas Vater, nie aus dem Krieg zurückgekehrt, und Lena war danach in der Obhut ihrer Tante aufgewachsen. Seit ihrer Jugend war sie ein sehr aktives Mitglied und schließlich Funktionärin des Komsomol gewesen, was es ihr ermöglicht hatte, im Alter von 18 Jahren eine Pilotenausbildung bei der Luftwaffe zu beginnen, nachdem sie schon seit ihrer Kindheit vom Fliegen geträumt hatte.

Während sie ihren Tee tranken, sprachen Lena und Michail über ihre bevorstehenden Flüge, über Michails baldige Beförderung zum Oberleutnant und den möglichen weiteren Verlauf von Lenas Karriere als Pilotin. Obwohl sie ganz und gar in das Gespräch vertieft schien, spürte Lena in ihrem Inneren eine beinahe überwältigende Angst vor einer völligen Entfremdung von Michail, die in den letzten Monaten unaufhaltsam gewachsen war.

Bevor sie zu Bett gingen, blickte Michail auf das Gemälde im Wohnzimmer und sagte wie zufällig:

»Deine Mutter ist immer in unserem Leben gegenwärtig.«

»Ja ...«, erwiderte Lena und fühlte einen stechenden Schmerz in ihrer Seele, ohne dass Michail etwas davon bemerkte.

Am nächsten Morgen fuhr Michail zum Luftwaffenstützpunkt, während Lena an ihrem freien Tag allein in der Wohnung zurückblieb. Nach dem Frühstück setzte sie sich in einen der beiden Sessel und blätterte in dem Roman »Wie der Stahl gehärtet wurde« von Nikolai Ostrowski, der sie als Jugendliche fasziniert hatte und der auch das Lieblingsbuch ihrer Mutter gewesen war. Wie die Hauptfigur des Romans war auch Lena zutiefst überzeugt von den Idealen des Sozialismus und bereit, dafür jedes Opfer zu bringen, wie es auch ihre Mutter getan und von ihr erwartet hatte. Schließlich wanderten ihre Blicke unwillkürlich zu der Kopie des Gemäldes an der Wand, das in ihr Erinnerungen an ihre Mutter weckte und Episoden aus ihrem Leben in Lenas Phantasie gegenwärtig werden ließ. Schon als Kind in Smolensk hatte sie ihre Mutter sowohl bewundert als auch gefürchtet, während ihr Vater eher im Hintergrund blieb, obwohl sie durchaus an ihm hing. Lena betrachtete die Willensstärke ihrer Mutter und ihren Aufstieg von der einfachen Arbeiterin zur angehenden Ingenieurin seit ihrer Kindheit als Vorbild. Ihre Tante sprach oft davon, dass Nadja, wie ihr Mutter mit Vornamen hieß, innerhalb weniger Jahre Vorarbeiterin in einer Landmaschinenfabrik geworden sei und sich nebenher abends auf ein Ingenieurstudium vorbereitet habe, zusätzlich zu ihrer Arbeit für den Komsomol, in dem sie seit ihrer Jugend Mitglied gewesen sei und in dem sich die sozialistische Einstellung, die ihr von ihren Eltern vermittelt worden sei, zu einem unumstößlichen Glauben weiterentwickelt habe. Als Mitglied ihrer Komsomolgruppe hatte sie in den Schulferien mehrfach am Aufbau eines Stahlwerkes im Ural mitgearbeitet und sich dabei durch so großen Arbeitseifer ausgezeichnet, dass sie als Vorbild für die anderen Komsomolmitglieder in ihrer Heimatstadt galt. Auf diese Weise wurde auch der Maler Iwan Kulikow auf sie aufmerksam, der ein Modell für das Porträt einer jungen Komsomolzin suchte. Lena wusste aus ihrer Erinnerung und von Fotos ihrer Mutter, dass die Gesichtszüge des Mädchens Nadjas Aussehen und ihre Persönlichkeit treffend wiedergaben. Lena erinnerte sich an ihre glühende Begeisterung für den Sozialismus, aber auch an ihre oft unerbittliche Strenge, die Lena eine rigorose Disziplin abverlangte und ihr Leben in ein Korsett rigider Zeitpläne presste. Von frühester Kindheit an wuchs Lena zu Hause mit den Idealen des Sozialismus auf, die ihre Mutter ihr jeden Tag nahebrachte, ebenso wie den Glauben an Leistung, Hingabe und Aufopferung. Als Lena acht Jahre alt war, begann der deutsche Angriff auf die Sowjetunion, der ihre Familie zwang, noch im Sommer des Jahres 1941 Smolensk zu verlassen und nach Gorki zu übersiedeln, wo ihre Mutter zunächst wieder in einer Maschinenfabrik arbeitete, nachdem ihr Vater zur Armee eingezogen worden war. Nach einigen Wochen in Gorki sprach ihre Mutter immer öfter davon, dass es ihre Pflicht sei, die Sowjetunion und den Sozialismus mit der Waffe zu verteidigen. Schließlich bat sie ihre Schwester, Lenas Tante, die ebenfalls in Gorki lebte, sich während des Krieges um Lena zu kümmern, damit sie sich der Roten Armee anschließen könne. Lena fiel der Abschied unglaublich schwer, doch erinnerte sie sich noch genau an den Blick ihrer Mutter vor der Abreise, der zeigte, wie sehr sie vom Glauben an ihre Aufgabe erfüllt war, der sie alles andere meinte unterordnen zu müssen. Lena wusste, dass ihre Mutter zur Scharfschützin ausgebildet und nach wenigen Monaten, im Januar 1942, an die Front geschickt wurde. Im April 1942 erhielt Lenas Tante schließlich die Nachricht, dass ihre Schwester Nadja im Alter von 31 Jahren in einem erbitterten Gefecht mit deutschen Soldaten gefallen sei. Lena war tief erschüttert und empfand zum ersten Mal in ihrem Leben ein Gefühl bedrängender Angst, das sie auch als Jugendliche und Erwachsene noch manchmal heimsuchte. Erst sehr viel später, nach dem Tod ihrer Tante Ende der fünfziger Jahre, erfuhr sie aus Tagebüchern und Briefen ihrer Mutter, dass die Ehe ihrer Eltern unglücklich gewesen war und dass Nadja damals vor allem in ihrem Glauben an den Sozialismus Trost gefunden hatte, der ihr die Überzeugung vermittelte, Teil eines großen Ganzen zu sein. Aus einem Tagebucheintrag aus dem Jahr 1941 wusste Lena, dass ihre Mutter ihrem möglichen Tod gelassen entgegensah und ihn, wie sie zwischen den Zeilen andeutete, vielleicht sogar als Erlösung empfand. Lenas Vater galt seit dem Sommer des Jahres 1942 als vermisst. Ihre Tante mutmaßte, dass er in Gefangenschaft geraten sei, aus der er nie zurückkehrte. Bis zu ihrem 18. Lebensjahr lebte Lena in Gorki bei ihrer Tante, die ebenfalls überzeugte Sozialistin war und sich, wie Nadja, schon in den zwanziger Jahren dem Komsomol angeschlossen hatte. Im Jahr 1947 wurde schließlich auch Lena begeistertes Mitglied des Kommunistischen Jugendverbandes, wo sie fast ihre gesamte Freizeit verbrachte und bald zur Gruppenleiterin ernannt wurde. In den Sommerferien arbeitete Lena mit ihrer Komsomolgruppe in der Landwirtschaft und erhielt für ihren vorbildlichen Einsatz mehrere Auszeichnungen. Sobald sie 18 Jahre alt war, bewarb sie sich für die Offizierslaufbahn als Pilotin bei der Luftwaffe und wurde als bewährte Komsomolzin und überzeugte Kommunistin sofort als Offiziersanwärterin in die Rote Armee aufgenommen. Nach dem Ende ihrer Pilotenausbildung wurde sie nach Petropawlowsk versetzt, wo sie vor fünf Jahren Michail kennengelernt hatte, der nicht nur ihre sozialistischen Überzeugungen, sondern auch ihre Leidenschaft für das Fliegen teilte. Nach ihrer Hochzeit hatten sie in ihrer jetzigen

Wohnung ihr gemeinsames Leben begonnen, doch spürte Lena, dass sie sich im tiefsten Inneren fremd blieben. Obwohl Lena nichts sehnlicher wünschte, als Michail für immer nahe zu sein, hatte sie den Eindruck, dass sie für ihn eine Fremde blieb, so sehr sie auch versuchte, die unsichtbare Barriere zu überwinden, die sie von ihm trennte und die sie eine wachsende Angst und Einsamkeit empfinden ließ. Dieses Gefühl bedrängte sie auch an jenem Tag, so sehr sie sich auch bemühte, dagegen anzukämpfen. Um sich abzulenken, nahm sie schließlich mehrere Lehrbücher des Marxismus-Leninismus zur Hand und vertiefte sich in die ihr manchmal schwer verständlichen Texte. Für den Rest des Tages beschäftigte sie sich mit sozialistischer Gesellschaftstheorie, wie es von einer pflichtbewussten Offizierin erwartet wurde, und ging abends früh zu Bett, weil sie am nächsten Tag wieder für einen langen Aufklärungsflug eingeteilt war, so dass sie kaum noch wahrnahm, dass Michail gegen Mitternacht nach Hause kam.

Am folgenden Tag hatte Michail frei, während Lena um zehn Uhr abends zu einem Patrouillenflug über Sibirien und den Pazifik abheben sollte. Nach dem Mittagessen saßen die beiden noch längere Zeit zusammen, bevor Lena um sechs Uhr ihren Dienst antreten musste. Zunächst sprachen sie längere Zeit über ihren Alltag und ihre nächsten Karriereziele. Dann jedoch spürte Lena, dass Michail etwas auf dem Herzen hatte, was weit über die Belange des täglichen Lebens hinausging. Schließlich sagte er:

»Es gibt etwas, worüber ich mit dir sprechen möchte, auch wenn ich nicht so recht weiß, wie ich es dir sagen soll ...«

In diesem Augenblick erschrak Lena zutiefst, weil sie ahnte, dass jetzt geschehen würde, was sie seit langem befürchtet hatte. Dann fuhr Michail fort:

»Lena, nimm es mir nicht übel, aber ich habe schon seit Jahren, eigentlich schon seit unserer Hochzeit, das Gefühl, dass ich dich kaum kenne und dass wir uns nie wirklich nahegekommen sind.«

Lena war starr vor Angst und brachte kein Wort hervor. Ihr Gesicht wirkte zunächst ausdruckslos und wie versteinert, obwohl sie den Tränen nahe war. Michail vermied es, ihr in die Augen zu sehen, während er zögernd sagte:

17

»Ich habe gestern den ganzen Tag darüber nachgedacht ... Um es kurz zu machen: Ich glaube, es ist besser, wenn wir getrennter Wege gehen und unsere Ehe beenden.«

Lena war noch immer stumm vor Entsetzen und sah Michail nur wortlos an. Als er ihr schließlich ins Gesicht blickte, war er erschrocken über die Wirkung seiner Worte und versuchte Lena zu trösten, indem er sagte:

»Wir können danach gute Freunde bleiben, wenn du es willst, und ich werde dir helfen, wo ich kann, vor allem in deiner Karriere als Pilotin.«

In den folgenden Minuten war Lena nicht in der Lage, einen klaren Gedanken zu fassen. Sie war am Boden zerstört und wusste doch gleichzeitig, dass Michail recht hatte. Schließlich antwortete sie: »Verzeih mir ... Ich brauche etwas Ruhe«, und ging ins Schlafzimmer, wo sie sich weinend auf ihr Bett legte. Ihr war klar, dass sie Michail nicht würde umstimmen können und dass sie ihre Ehe nicht retten konnte, auch wenn sie alles dafür getan hätte, was in ihrer Macht stand. Verzweifelt versuchte sie, irgendwo Trost zu finden, und dachte an ihre tiefen sozialistischen Überzeugungen und an ihren Glauben daran, dass sie als Teil der Gesellschaft eine Bestimmung und eine Aufgabe hatte, die über ihr Leben hinausging. Nach etwa einer halben Stunde kehrte sie zu Michail ins Wohnzimmer zurück und sagte, während sie ihre Tränen unterdrückte:

»Ich muss bald losfahren. Mein Dienst fängt um sechs Uhr an. Morgen, wenn ich zurückkomme, können wir alles besprechen.«

Michail nickte, und Lena ging ins Bad, um zu duschen und ihre Uniform anzuziehen, bevor sie sich von Michail verabschiedete.

»Ich werde an dich denken ..., und ich wünsche dir vor allem einen sicheren Flug«, sagte er.

»Danke«, erwiderte Lena mit einem traurigen Lächeln. »Du kennst mich ... zumindest ein wenig ... Ich komme schon zurecht und werde meine Arbeit erledigen wie immer.«

»Daran habe ich keine Zweifel«, sagte Michail, und die beiden umarmten einander kurz, bevor Lena zum Stützpunkt fuhr.

Während der Fahrt konnte sie an nichts anderes denken als an das Ende ihrer Ehe mit Michail, das sie lange hatte kommen sehen, ohne es jedoch verhindern zu können. Sie wusste, dass

Michail sich bei ihr fremd fühlte, als ob sie in einer fernen Welt lebte, die ihm unerreichbar war. Doch je mehr Zeit verging, desto mehr spürte sie, dass es ihr niemals gelingen würde, diese tragische Einsamkeit zu überwinden, und hatte sich schließlich in ein unvermeidliches Schicksal gefügt.

Als sie ihren Dienst antrat, wirkte sie professionell und routiniert wie immer, und niemand hätte geahnt, was sich in ihrem Inneren abspielte, als sie ihr Aufklärungsflugzeug bestieg und auf den Start wartete. Dieser fast fünfzehnstündige Flug würde sie weiter weg führen als alle anderen Flüge, die sie bisher unternommen hatte, zunächst nach Westen, dann in die Arktis, zur Beringstraße und schließlich zurück nach Kamtschatka, wo sie gegen ein Uhr mittags landen sollte. Als sie die Startbahn erreichte, sagte der Fluglotse:

»Wind aus Nordwest, Geschwindigkeit 20 Knoten … Guten Flug!«

»Danke«, erwiderte Lena und empfand diese Worte wie einen letzten Gruß auf dem Weg in eine andere Welt.

Es war eine ungewöhnlich klare Nacht, in der noch für einige Augenblicke die erleuchtete Stadt vor Lenas Augen erschien, während ihr Flugzeug steil in den Himmel stieg, als wolle es die Erde für immer zurücklassen. Wenige Minuten später erblickte sie unter sich einen Vulkan, aus weiter Ferne umstrahlt vom weißen Licht aus den Tiefen des Alls, während ein schwacher rötlicher Schein die Abgründe des Kraters erfüllte. Lena flog über Kamtschatka und die dunklen Weiten des Ochotskischen Meeres hinweg, während sie eine außergewöhnliche Höhe erreichte, die selbst bei Aufklärungsflügen eher unüblich war. Nur wenig später überquerte sie die Gebirge Ostsibiriens, die aus der großen Höhe wirkten wie die sich kräuselnden Wellen eines steinernen Ozeans, und erreichte schließlich den Fluss, dem sie ihren Namen verdankte, weil ihre Eltern als treue Sozialisten Lenins Verbannungsort als Namen für ihre Tochter gewählt hatten. Sie folgte dem Lauf des im Mondschein silbrig glänzenden Stromes bis zu seinem Delta, in dem er mit dem arktischen Ozean eins wurde wie ein Mensch mit dem endlosen Strom der Generationen und der Geschichte der Menschheit. Wieder dachte Lena an ihre sozialistischen Überzeugungen, doch weckte der Anblick der nächtlichen sibirischen Landschaften und der Unendlichkeit des Alls in ihr auch das Gefühl, dass selbst die menschliche Gemeinschaft und ihre Geschichte nur ein Teil eines größeren Ganzen jenseits der materiellen Wirklichkeit sei. Es war eine Ahnung, die sich schon bei früheren Flügen manchmal unwillentlich ihrer Seele bemächtigt hatte, auch wenn sie dem Geist des Materialismus widersprach, in dem sie erzogen worden war. Dieses Mal freilich waren diese Empfindungen stärker als je zuvor und vermittelten ihr einen gewissen Trost inmitten der Trauer um ihre Beziehung mit Michail.

Während Lena der nördlichen Küste Ostsibiriens folgte, zeigten sich in ihrer Phantasie Bilder der Landschaften, die sie überflog: die baumlose Grastundra des fernen Nordens, zahllose Seen und uralte Spuren menschlichen Lebens wie die Reihen von Walknochen, die sie aus Büchern kannte. Als sie die Beringstraße erreichte, bemerkte sie in der Ferne die Küste Alaskas, die in der klaren Luft im Lichtschein des Mondes deutlich zu erkennen war. Während sie ihre Aufgaben erledigte, wanderte ihr Blick immer wieder zu den Sternen, die ihr wie unendlich ferne Wegweiser auf der Reise durch eine fremde Welt erschienen. Je länger sie unterwegs war, desto mehr schwanden ihre Trauer und ihre Unruhe, und als sie schließlich nach fast 15 Stunden in Petropawlowsk landete, spürte sie, dass sie auf diesem Flug ein wenig von ihrer Vergangenheit hinter sich gelassen hatte und bereit war für einen neuen Anfang.

Nach ihrer Ankunft schlief sie während des restlichen Tages und erwachte erst am Abend, als Michail vom Dienst zurückkehrte.

Michail bemerkte, dass Lena wesentlich ruhiger und gelassener wirkte als am Tag zuvor, und bat sie, von ihrem Flug zu berichten. Als sie ihre Erzählung beendet hatte, sagte er:

»Es freut mich, dass es dir besser geht ... Glaub mir, ich will dir nicht unnötig wehtun ... Es würde mich wirklich freuen, wenn wir nach unserer Trennung in Kontakt bleiben würden. Du kannst mich jederzeit anrufen, und wir können uns gelegentlich treffen.«

Lena nickte, und Michail fuhr nach einigen Augenblicken fort: »Ach, übrigens ... Heute hatte ich ein längeres Gespräch mit

Oberst Tschuragin. Er hat mir dabei etwas erzählt, was vielleicht für dich von Interesse sein könnte. Es geht um ein geheimes Projekt, an dem seit etwa drei Jahren gearbeitet wird, also ungefähr ab der Zeit, als wir den ersten Satelliten ins All geschossen haben. Nun ist offenbar das Ziel, Menschen in den Weltraum zu schicken, und es wird nach geeigneten Kandidaten gesucht. Wie ich dich kenne, könnte das möglicherweise etwas für dich sein ...«

Lena hatte seinen Worten aufmerksam zugehört und empfand sofort eine eigenartige Erregung, als ob sich ihrem Leben ein neuer Weg eröffnete.

»Du hast recht«, antwortete sie. »Ich sehe, du kennst mich doch ein bisschen ... Ich würde gerne mit Oberst Tschuragin darüber sprechen.«

»Wenn du willst, können wir morgen gemeinsam zu ihm gehen.«

»Ja, gerne«, erwiderte Lena.

Am nächsten Tag suchten Lena und Michail wie geplant den Kommodore des Luftwaffengeschwaders auf und sprachen mit ihm über das Projekt, von dem Michail am Tag zuvor gehört hatte.

»Es werden in der Tat Kandidaten für die ersten Flüge ins Weltall gesucht«, sagte der Oberst, sah Lena prüfend an und fuhr nach einem Augenblick fort:

»Genossin Pawlowa, Sie könnten die ideale Kandidatin sein. Ihre Leistungen als Pilotin sind hervorragend, Sie erfüllen die körperlichen Voraussetzungen, und vor allem haben Sie sich durch vorbildlichen Arbeitseifer und durch mustergültigen Einsatz für den Aufbau des Sozialismus ausgezeichnet. Auch durch Ihre Herkunft aus einer sozialistischen Arbeiterfamilie empfehlen Sie sich für eine solche prominente Aufgabe. Ich werde Ihre Bewerbung mit einer Empfehlung nach Moskau weiterleiten.«

»Danke«, erwiderte Lena.

Als Michail und Lena am Abend gemeinsam im Wohnzimmer saßen, sagte Michail zu ihr:

»Es war gut, dass ich dir von diesen Plänen erzählt habe.«

»Ja«, entgegnete Lena. »Der Weltraum fasziniert mich schon

seit langem. Wenn ich während meiner Flüge die Sterne betrachte, fühle ich mich manchmal wie ein anderer Mensch.«
»Ich weiß«, antwortete Michail und umarmte Lena.

Etwa vier Wochen später erhielt Lena von Oberst Tschuragin den Befehl, sich drei Tage darauf in Moskau bei General Uljanow zu melden, einem der Offiziere, die für das Raumfahrtprogramm zuständig waren.

In den folgenden Tagen sprachen Lena und Michail längere Zeit über ihre bevorstehende Scheidung und über Lenas Begegnung mit General Uljanow. Beide beschlossen, mit ihrer Trennung zu warten, bis die Entscheidung über Lenas Bewerbung als Kosmonautin gefallen sei, und überlegten gemeinsam, wie Lena General Uljanow am besten davon überzeugen könne, dass sie die geeignete Kandidatin sei.

»Du solltest vor allem deine sozialistischen Überzeugungen betonen und erwähnen, dass dein Vater Stahlarbeiter war und dass deine Mutter zum frühestmöglichen Zeitpunkt dem Komsomol beigetreten ist und sich später freiwillig zum Dienst in der Roten Armee gemeldet hat«, sagte Michail. »Außerdem wird dir vielleicht dein zurückhaltendes Auftreten helfen. Schließlich soll dein Flug in den Weltraum nicht dich als Person berühmt machen, sondern der Welt die Überlegenheit des Sozialismus vor Augen führen und zeigen, dass die Menschen in der Sowjetunion bereit sind, für das alles überragende Ziel des Kommunismus und der klassenlosen Gesellschaft die größten Gefahren und Opfer auf sich zu nehmen.«

Lena nickte und antwortete: »Genau so verstehe ich meinen Auftrag auch, wenn es dazu kommen sollte.«

Als sie kurz darauf General Uljanow gegenübersaß, würdigte er zunächst Lenas Leistungen als Pilotin und ihre Auszeichnung für einwandfreien Dienst, bevor er fortfuhr:

»Ihre sozialistische Einstellung ist über alle Zweifel erhaben ... Schon Ihre Mutter war eine überzeugte Botschafterin des Sozialismus und wurde deshalb auch auf einem bekannten Gemälde verewigt. Sie können diese Tradition fortsetzen, wenn die Ärzte keine Einwände haben.«

Nach diesem einleitenden Gespräch begleitete ein Offizier sie zur medizinischen Untersuchung, und Lena hoffte zutiefst, dass ihre Bewerbung nicht in letzter Minute wegen ärztlicher Bedenken scheitern würde. Als Stunden später die meisten Untersuchungen abgeschlossen waren, wurde Lena zu einer hermetisch abgeschlossenen, länglichen Kammer geführt. Der Arzt erklärte ihr, dass es sich um eine Unterdruckkammer handle, in der ihre Reaktionen auf die extremen Bedingungen untersucht werden sollten, wie sie bei einem Raumflug auftreten könnten. Im Inneren befand sich ein Pilotensitz, auf dem Lena so angeschnallt wurde, dass sie sich fast nicht bewegen konnte. Nachdem die Tür verschlossen worden war, bemerkte sie, dass die Kammer vollkommen dunkel war und dass in ihr eine völlige Stille herrschte, wie sie sie noch niemals zuvor erfahren hatte. Als der Druck abgesenkt wurde, spürte Lena außer langsam zunehmendem Kopfschmerz fast keine körperlichen Auswirkungen, doch empfand sie die Einsamkeit, die Stille und die Dunkelheit als umso bedrohlicher. Sie hatte das Gefühl, dass sich hinter ihr ein unendlich tiefer Abgrund auftat, während sich vor ihren Augen grelle Lichtblitze zeigten, in deren Schein sie eine riesige Pflanze zu erkennen glaubte, deren gezahnte Blätter sie zu umfassen und zu verschlingen drohten. Sie fühlte eine überwältigende Angst, wie sie sie seit dem Tod ihrer Mutter nicht mehr empfunden hatte, doch gelang es ihr mit unglaublicher Selbstbeherrschung, sich nichts davon anmerken zu lassen, als nach einiger Zeit die Tür geöffnet wurde und erneute Untersuchungen begannen. Die Ärzte prüften nochmals alle Körperfunktionen, schienen aber nichts finden zu können, was darauf hindeutete, dass Lena Bedingungen wie denen, die in der Unterdruckkammer geherrscht hatten, nicht standhalten könne.

Nachdem General Uljanow ihr anschließend mitgeteilt hatte, dass sie bald die endgültige Antwort auf ihre Bewerbung erhalten werde, kehrte sie am nächsten Tag nach Petropawlowsk zurück.

Nur drei Tage später bat Oberst Tschuragin sie in sein Büro und sagte:

»Genossin Pawlowa, ich kann Ihnen gratulieren. Sie wurden

als zukünftige Kosmonautin ausgewählt und werden Ihren Dienst schon nächste Woche antreten. Für den Erfolg Ihrer Bewerbung waren übrigens nicht nur Ihre fliegerischen Leistungen ausschlaggebend, sondern nicht weniger auch Ihr sehr bescheidenes Verhalten, Ihre Aufopferung für den Sozialismus und Ihre familiäre Herkunft. Sie werden also in die Fußstapfen Ihrer Mutter treten und weltweit den Glauben an den Sozialismus in die Herzen der Menschen tragen.«

In den nächsten Tagen bereitete sich Lena auf ihre unmittelbar bevorstehende Versetzung nach Swjosdny Gorodok bei Moskau vor, wo sie zur Kosmonautin ausgebildet werden sollte. Am Tag ihres Abflugs verabschiedete sie sich von Michail und versprach, sich bald bei ihm zu melden.

»Ich freue mich, dass du eine neue, große Aufgabe gefunden hast, die dich ganz ausfüllen wird. Das wird dir die Trennung von mir leichter machen«, sagte er.

»Ja«, antwortete Lena mit einem melancholischen Lächeln, bei dem sie nur mit Mühe ihre Tränen unterdrücken konnte, und die beiden umarmten sich ein letztes Mal.

Als Lenas Flugzeug sich wenig später in den Himmel über Kamtschatka erhob, betrachtete sie mit einem Gefühl tiefer Wehmut die Vulkane und die Landschaften Ostsibiriens, die sie so oft überflogen hatte, und erlebte noch einmal all die Erinnerungen, die mit ihnen verbunden waren, bevor schließlich die Hoffnung und die freudige Erwartung ihrer Zukunft als Kosmonautin überwogen, je näher sie ihrem Ziel kam.

Nach ihrer Ankunft in Swjosdny Gorodok wurde Lena einer von zwei kleinen Gruppen von je drei zukünftigen Kosmonauten zugeteilt, die gemeinsam ihre Ausbildung beginnen sollten. Lena war die einzige Frau in den beiden Gruppen, die ausschließlich aus Luftwaffenpiloten bestanden.

In den ersten Wochen lernten die zukünftigen Kosmonauten zunächst die physikalischen und technischen Grundlagen der Raumfahrt kennen, bevor sie zum ersten Mal ein Modell der Wostok-Kapsel zu Gesicht bekamen, mit dessen Hilfe sie mit dem Ablauf der ersten Raumflüge vertraut gemacht werden sollten. Als Lena das Innere der Kapsel erblickte, empfand sie eine tiefe

Faszination, aber auch eine nicht zu unterdrückende Beklemmung angesichts der Enge des winzigen Raumschiffs, in dem sie mit einer nie zuvor von Menschen erlebten Geschwindigkeit den Weltraum erreichen und nach einem Höllenritt durch die Atmosphäre zur Erde zurückkehren sollte.

In den kommenden Monaten durchliefen Lena und die beiden anderen angehenden Kosmonauten in ihrer Gruppe gemeinsam das Ausbildungsprogramm, beginnend mit der Simulation der Beschleunigung in einer Zentrifuge. Immer wieder spürte Lena den Schmerz beinahe zerreißender Eingeweide, fühlte rasenden Schwindel und hatte Angst, dass ihr Herz stehenbleiben würde, und war dennoch in der Lage, alle ihr gestellten Aufgaben zu erfüllen und richtig zu reagieren, wie es von ihr erwartet wurde.

Auch als sie in einer Thermokammer mehrmals rasch zunehmender Hitze ausgesetzt wurde, versuchte sie, mit aller Kraft ihres Willens ihren Körper zu beherrschen, und konnte doch nicht verhindern, dass die physische Qual und die bedrohliche Atmosphäre in der dunklen Kammer sich ihrer Seele bemächtigten. Immer wieder glaubte sie, in der Finsternis die Fratzen grässlicher Ungeheuer und die scharfen, blutbesudelten Zähne riesiger Schlangen zu erkennen, die sie in Stücke zu reißen drohten. Trotzdem gelang es ihr, diese Albträume und das Aufbegehren ihres geschundenen Körpers nicht übermächtig werden zu lassen und auch diesen Test zu bestehen.

Während dieser Zeit rief Lena jede Woche Michail an und erzählte ihm von ihrer Ausbildung und dem bevorstehenden ersten Raumflug. Obwohl sie den Kontakt mit Michail aufrechterhielt, spürte Lena, dass sie sich zu verändern begann und dass die Zeit vor dem Beginn ihrer Ausbildung zur Kosmonautin immer schneller in die Ferne rückte. Dazu trug bei, dass sie mit Vladimir, einem der beiden anderen Kosmonauten in ihrer Gruppe, eine Freundschaft schloss, die sich trotz ihres anfänglichen Zögerns zu einer immer engeren Beziehung entwickelte. Beide teilten ihren Glauben an den Sozialismus, mit dem sie aufgewachsen waren, und ihre Begeisterung für die Raumfahrt, deren Entwicklung sie als wichtigen Schritt in der Geschichte der Menschheit empfanden. Wie Lena war auch Vladimir in seiner Jugend ein überzeugtes Mitglied des Komsomol gewesen und war mit seiner Gruppe zu Arbeitseinsätzen in den Ural gereist. Als Vladimir zum ersten Mal das Bild des Mädchens aus der militarisierten Komsomol-Gruppe in Lenas Wohnzimmer sah, erzählte sie ihm, dass ihre Mutter dem Maler als Modell für dieses Bild gedient habe.

»Ich habe schon auf den ersten Blick bemerkt, dass das Mädchen dir ähnlich sieht«, sagte Vladimir. »Offenkundig gibt es zwischen dir und deiner Mutter eine gewisse Übereinstimmung ... Wahrscheinlich hast du von ihr auch deine Willenskraft geerbt.«

»Ja ...«, erwiderte Lena zögernd, und Vladimir spürte, dass ihr das Thema unangenehm war. Schließlich fuhr Lena fort: »Es gibt aber auch vieles, was wir nicht gemeinsam haben, und in manchem bin ich eher meinem Vater ähnlich ... Aber du hast sicher recht ... Meine Mutter war eine sehr willensstarke Frau, die immer große Anforderungen an mich gestellt hat. Ich konnte ihre Erwartungen kaum je erfüllen, obwohl mein ganzes Leben streng reglementiert war, genauso wie mein Tagesablauf.«

»Das kenne ich auch, selbst wenn ich wahrscheinlich etwas mehr Freiheit hatte als du ... Aber immerhin können wir den starken Willen, den wir von unseren Eltern geerbt haben, hier gut gebrauchen.«

»Das stimmt. Manchmal ist es schon sehr schwer ... Aber in diesen schwierigen Situationen hilft mir mein Glaube an den Sozialismus und meine Überzeugung, dass die Raumfahrt allen Menschen ganz neue Möglichkeiten eröffnen wird. Nicht zuletzt wird sich auch das Leben von Frauen verändern, wenn sie sehen, dass unter den ersten Kosmonauten auch eine Frau ist.«

»Da hast du sicher recht«, entgegnete Vladimir.

Mehrere Wochen später brachen Lena und Vladimir zu ihrem ersten Parabelflug auf, bei dem sie zum ersten Mal das Gefühl der Schwerelosigkeit erfahren sollten. Beide wussten, dass diese Flüge zu den größten Belastungsproben während der Kosmonautenausbildung gehörten. Vor allem Lena empfand vor Beginn des Fluges eine gewisse Angst, auch wenn sie peinlich versuchte, sich nichts davon anmerken zu lassen.

Als die sechs Kosmonauten der beiden Gruppen das umgebaute Großraumflugzeug betraten, war alles für den unmittelbar bevorstehenden Start vorbereitet, und die sechs schnallten sich in der großen, ringsum gepolsterten Kabine in der Mitte des Flugzeugrumpfs an, bevor das Flugzeug abhob und rasch an Höhe gewann. Wenig später ertönte eine laute Sirene, die den ersten Sturzflug ankündigte. Alle Muskeln in Lenas Körper waren bis zum Bersten angespannt, als sich das Flugzeug steil nach unten neigte und die Erde unter ihnen sich rasch näherte. Nach kurzem freilich fühlte Lena, wie ihr Körper schwerelos wurde und sich vom Boden der Kabine löste. Mit jedem weiteren Augenblick, den dieser Zustand andauerte, löste sich ihre Verkrampfung und wich einem Gefühl der Euphorie, das sie all ihre vorherige Angst vergessen ließ und ihr eine Vorahnung dessen vermittelte, was sie während eines Raumflugs empfinden würde. Nach etwa einer halben Minute jedoch drehte sich das Flugzeug langsam wieder nach oben, während die angehenden Kosmonauten auf den Kabinenboden gepresst wurden und der Rumpf unter der Belastung ächzte und knirschte. Lena wusste aus ihrer Erfahrung als Pilotin, wie gefährlich die Kräfte waren, die in diesem Augenblick auf das Flugzeug einwirkten, und ihre Furcht kehrte zurück, bevor wenig später der nächste Sturzflug begann. Zehnmal wiederholte sich der Wechsel von bleiernem Druck und Schwerelosigkeit, von Angst und Hochgefühl, bis die Parabelflüge schließlich endeten und das Flugzeug zum Luftwaffenstützpunkt zurückkehrte. Während des Landeanflugs war Lena speiübel und sie musste mehrmals erbrechen, doch zweifelte sie auch in den schlimmsten Augenblicken niemals daran, dass sie ihr Ziel erreichen und alle Anforderungen erfüllen würde, wie ihre Eltern und vor allem ihre Mutter es immer von ihr verlangt hatten.

In dieser Zeit ergriff die Arbeit so sehr von ihrem Leben Besitz, dass fast nur noch Zeit für die notwendigsten täglichen Verrichtungen und etwa fünf Stunden Schlaf pro Nacht blieb. Auch Vladimir sah sie zu dieser Zeit außerhalb des gemeinsamen Trainings eher selten, doch fühlte sie sich ihm trotzdem immer enger verbunden. In jenen Wochen spürte Lena, wie sehr sich ihr Leben seit dem Beginn ihrer Kosmonautenausbildung verändert hatte und dass selbst ihre Mutter in ihren Gedanken weniger übermächtig war als in der Vergangenheit. Als sie eines Abends in ihrem Wohnzimmer stand, hatte sie zum ersten Mal das Bedürfnis, das Bild ihrer Mutter, das sie bisher immer überallhin begleitet hatte, durch ein anderes zu ersetzen. Zwei Tage später holte sie schließlich ein Gemälde eines Kamtschatkavulkans, das sie anlässlich der Verleihung der Medaille für einwandfreien Dienst als Geschenk erhalten hatte, aus ihrem Schrank, nahm das Bild ihrer Mutter ab und hängte stattdessen das neue, ein wenig größere Gemälde auf.

Als Vladimir am nächsten Abend kam, bemerkte er die Veränderung sofort und sagte:

»Das Bild deiner Mutter ist verschwunden ...«

»Ja«, erwiderte Lena. »Es ist das erste Mal seit ihrem Tod, dass sie mir nicht ständig vor Augen steht ... In gewisser Weise ist es, als ob damit meine Jugend zu Ende ginge ... eine Jugend, die ich nie hatte.«

»Ich weiß, die strengen Zeitpläne, die hohen Erwartungen und der Gehorsam ...«

»Richtig. Mein ganzer Tag war ausgefüllt mit der Schule, der Hausarbeit, dem Komsomol, dem Sport ... Obwohl ich überall perfekt sein musste, konnte ich die Anforderungen meiner Mutter nie wirklich erfüllen. Immer habe ich mich irgendwie als unzureichend empfunden. Egal wieviel ich tat und erreichte, ich wurde immer wieder grausam kritisiert und angeschrien. Wenn sie wütend auf mich war, hat sie mich oft ein nutzloses Stück Dreck oder ein ekelhaftes Ungeziefer genannt ... Ein Ungeziefer, ekelhaft und widerwärtig. Das waren ihre Worte ...Einmal, mit 16, war ich verliebt in einen Jungen aus einer anderen Komsomolgruppe, der dir übrigens ziemlich ähnlich sah. Er war, wie du, ein wenig größer als ich und hatte braune Augen und schwarze, lockige Haare. Ich hatte ein Bild von ihm in meiner Tasche. Als meine Mutter es eines Tages fand, sagte sie nur, ich sollte ihn sofort vergessen und mich niemals von meiner Arbeit ablenken lassen, und natürlich hat sie mich auch bei dieser Gelegenheit ihre Verachtung spüren lassen und mir gezeigt, dass sie es keinesfalls hinnehmen würde, wenn ich nicht mehr ganz ihr gehörte. Leider hat er mich ohnehin nie wirklich zur Kenntnis genommen, und wir haben kaum je ein Wort gewechselt. Eines Tages habe ich ihn dann mit einem anderen Mädchen gesehen und war natürlich tief traurig«, sagte Lena und fuhr mit einem melancholischen Lächeln fort:»Und dann habe ich getan, was ich nach Enttäuschungen immer getan habe: Ich habe noch mehr gelernt, gearbeitet und für die Zukunft des Sozialismus gekämpft.«

»Mir ging es ähnlich. Auch ich musste immer höchste Erwartungen erfüllen. Vor allem hatte sich mein Vater in den Kopf gesetzt, aus mir einen erfolgreichen Leistungssportler zu machen, und hat mich ständig auch mit Schlägen angetrieben. Ich habe in jeder freien Minute Leichtathletik trainiert und davon geträumt, eines Tages an den Olympischen Spielen teilzunehmen, bis ich dann mit 18 wegen einer Knieverletzung aufhören musste. Mein Vater war furchtbar enttäuscht und hat mir Vorwürfe gemacht. Daraufhin habe ich dasselbe getan wie du: Ich habe noch mehr gearbeitet, um wenigstens Pilot und Luftwaffenoffizier werden zu können ... Während der Ausbildung habe ich dann Jekaterina getroffen, und wir haben kurz darauf geheiratet, aber du weißt, was danach kam ... Sie hatte bald einen anderen, und wir wurden schon nach drei Jahren geschieden ... Jetzt freilich spüre auch ich, dass ich beinahe ein neuer Mensch werde.«

Lena lächelte und umarmte Vladimir, der nach einigen Augenblicken fortfuhr:

»Mir gefällt das Bild des Vulkans in deinem Wohnzimmer ... Es hat etwas Symbolisches an sich. Eine verborgene innere Glut drängt unaufhaltsam an die Oberfläche...«

»Stimmt«, sagte Lena und küsste Vladimir.

In dieser Nacht, vier Wochen vor dem geplanten ersten Raumflug, wurden sie endgültig ein Paar.

Am nächsten Tag stand ihnen als weiterer Teil ihrer Ausbildung ein Fallschirmsprung aus einer Höhe von 7.000 Metern bevor. Obwohl alle angehenden Kosmonauten als Piloten bereits Fallschirmsprünge absolviert hatten, stellte ein Sprung aus dieser Höhe eine besondere Herausforderung dar, auf die großer Wert gelegt wurde, weil die Wostok-Kapseln ungebremst auf dem Boden aufschlagen würden, so dass die Kosmonauten zuvor mit dem Fallschirm abspringen mussten. Lena war gut darauf vorbereitet, weil sie während ihrer Pilotenausbildung Fallschirmspringen für einige Zeit als Hobby betrieben hatte. Dennoch war sie noch nie aus einer so großen Höhe abgesprungen und fühlte, wie Vladimir, eine gewisse Angst. Die beiden beschlossen, möglichst unmittelbar nacheinander zu springen, so dass sie einander während des Falls sehen konnten.

Als die Kosmonauten am Luftwaffenstützpunkt ankamen, wartete bereits das startbereite Flugzeug, das alle sechs mit ihren Fallschirmen bestiegen. Nach einem kurzen Flug erreichten sie eine Höhe von 7.200 Metern und versorgten sich ein letztes Mal mit einigen Atemzügen reinen Sauerstoffs, bevor sich die Luke öffnete. Wie geplant, sprangen Vladimir und Lena nacheinander. Es war ein wolkiger Tag, und sie sahen beim Absprung die geschlossene graue Wolkendecke tief unter ihnen. Wenig später stürzten sie durch die eisige Luft auf die Wolken zu, die sie bald der Reihe nach verschlangen. Lena sah, wie Vladimir unter ihr zuerst in den Wolken verschwand, bevor sie Sekundenbruchteile später in das graue Meer eintauchte, das ihr jede Sicht raubte. Augenblicke später wurde Lena von heftigen Winden hin- und hergeschleudert und empfand eine tiefe Angst, in der ihr nur der Gedanke, dass Vladimir nicht weit von ihr entfernt war, Trost spendete. Nach quälend langen Sekunden, in denen Lena die Eiskristalle auf ihrem Gesicht spürte wie Hunderte von Nadelstichen, lagen die Wolken hinter ihnen, und sie zogen kurz darauf die Reißleinen ihrer Fallschirme. Lena und Vladimir flogen jetzt unmittelbar nebeneinander und lächelten einander kurz zu, bevor sie beide sanft auf einem Feld landeten.

In den letzten Tagen und Wochen vor dem Start des ersten bemannten Raumschiffs schien es Lena, dass die Zeit langsamer verging und dass jeder Augenblick bedeutsamer war als jemals zuvor. Sie lebte in einem Rausch aus Arbeit und Liebe, in dem sie keinerlei Müdigkeit empfand, als ob ihr Körper seine gewöhnlichen Bedürfnisse hinter sich gelassen habe. Auch äußerlich war sie nicht mehr dieselbe wie die junge Frau, die erst vor einigen Monaten nach Swjosdny Gorodok gekommen war. Vor allem ließ sie ihre lockigen Haare immer länger wachsen, so dass sie ihr weit über die Schulter fielen und die Blicke vieler Menschen anzogen, die ihr begegneten.

In jenen Tagen wurde klar, dass Lena und Juri Gagarin, der zur anderen Kosmonautengruppe gehörte, diejenigen waren, die als Erste ins All fliegen sollten. Es war nur noch nicht entschieden, wer von beiden der erste Mensch im Weltraum sein würde.

Währenddessen absolvierten die angehenden Kosmonauten die letzten Tests in der Druckkammer und der Zentrifuge, wurden in einem weiteren Parabelflug an die Schwerelosigkeit gewöhnt und übten den Absprung mit dem Fallschirm. Vor allem aber wurden sie jetzt intensiv mit der Wostok-Kapsel vertraut gemacht und verinnerlichten alle während des Fluges notwendigen Handgriffe, bis sie ihnen in Fleisch und Blut übergingen. Lena und Vladimir nahmen die Anleitungen und Handbücher oft mit nach Hause und studierten sie gemeinsam, um besser auf das Training am nächsten Tag vorbereitet zu sein. Als sie eines Abends in Lenas Wohnzimmer saßen, umgeben von technischen Zeichnungen und Beschreibungen, sagte Lena zu Vladimir:

»Es ist faszinierend, dass wir in dieser winzigen Kapsel in den Weltraum vorstoßen und uns dabei schneller bewegen werden, als es bisher je ein Mensch getan hat. Aber ich habe, ehrlich gesagt, manchmal auch das Gefühl, den Versuchstieren ähnlich zu sein, die jetzt in der Kapsel auf die Reise geschickt werden.«

»Diesen Eindruck kann ich auch nicht unterdrücken«, entgegnete Vladimir. »Wir haben so gut wie keine Möglichkeiten, den Flug zu steuern, und sind ganz auf die Technik angewiesen. Wenn während der 100 Minuten im Weltraum irgendetwas schiefgeht, sind wir verloren.«

»Ich weiß«, sagte Lena, und die beiden umarmten einander, bevor Lena leise fortfuhr:

»Ich spreche nicht über die Gefahr, aber sie ist in meinen Gedanken stärker gegenwärtig, als es den Anschein hat. Je näher das Ende der Ausbildung rückt, desto stärker fühle ich die Anwesenheit des Todes ... Aber es gibt für mich kein Zurück. Ich habe mich hier zu einer anderen Person entwickelt, und das Raumfahrtprogramm bedeutet alles für mich. Zum ersten Mal in meinem Leben habe ich das Gefühl, wirklich etwas wert zu sein, und habe nicht mehr ständig die Kritik und die Verachtung meiner Mutter im Ohr, obwohl ich noch immer befürchte, nicht gut genug oder an Fehlschlägen schuld zu sein.«

»Nein, Lena«, erwiderte Vladimir und umarmte sie. »Du bist die Beste von uns allen und die ideale Kosmonautin ... Ich denke, dass du als Erste ins All fliegen wirst.«

»Glaubst du?«

»Ich bin überzeugt davon.«

Nachdem Lena und Vladimir den Rest des Abends und die Nacht gemeinsam verbracht hatten, wie sie es in dieser letzten Zeit vor dem Start des ersten bemannten Raumschiffs immer öfter taten, bat General Uljanow Lena am nächsten Tag in sein Büro und übermittelte ihr die Nachricht, die sie erhofft und gleichzeitig im tiefsten Inneren auch befürchtet hatte:

»Genossin Pawlowa, Sie werden nächste Woche als erster Mensch in den Weltraum aufbrechen. Sie, Juri Gagarin und Vladimir Tocharin haben in der Ausbildung und den Tests am besten abgeschnitten. Wir haben uns am Ende für Sie entschieden, weil Sie unserer Meinung nach die beste Botschafterin für den Frieden und den Sozialismus sein werden. Sie können stolz auf sich sein!«

»Vielen Dank«, entgegnete Lena und errötete unmerklich, bevor sie erfuhr, dass Vladimir als Ersatzkosmonaut vorgesehen war und mit ihr nach Baikonur fliegen würde, um im Notfall an ihre Stelle treten zu können.

Wie nie zuvor spürte sie in diesem Augenblick die Zwiespältigkeit ihrer Empfindungen, die Begeisterung für die Welt der Raumfahrt, die sie zu einem neuen Menschen gemacht hatte, und ihren Glauben an den Sozialismus ebenso wie ihre verborgene, aber umso stärkere Angst vor dem Tod und die Gegenwart ihrer Mutter, die sie trotz aller Veränderung nie völlig abschütteln konnte.

Als sie Vladimir kurz darauf alles erzählte, antwortete er:

»Siehst du ... Ich habe immer daran geglaubt, dass du die Erste sein würdest.«

»Danke«, antwortete Lena und umarmte Vladimir, bevor sie fortfuhr:

»Ich hoffe, dass bei den letzten Tests alles gutgeht.«

»Davon bin ich fest überzeugt. Wir werden der Welt die Überlegenheit des Sozialismus beweisen.«

Lena nickte und versuchte, ihre tiefen Zweifel zu verbergen, denn sie wusste, wie alle angehenden Kosmonauten, dass von den sieben bisherigen Testflügen der Wostok-Rakete vier fehlgeschlagen waren.

Freilich verliefen die beiden unbemannten Flüge mit der Puppe Iwan Iwanowitsch in den nächsten Tagen erfolgreich, und Lena sagte am Abend nach dem zweiten Flug zu Vladimir:

»Ich bin froh, dass die beiden Flüge ein Erfolg waren ... Die Eidechsen, die Schlangen und das Meerschweinchen im Bauch von Iwan Iwanowitsch sind heil gelandet, und auch die Chormusik aus seinem Inneren wurde auf der Erde perfekt empfangen ... Jetzt werde ich die Nächste sein. Du hast recht ... Wir sind die letzten Versuchstiere ... Aber trotzdem glaube ich daran, dass dieser Flug ein wichtiger Schritt in der Geschichte der Menschheit und in der Entwicklung des Sozialismus ist.«

»Ja«, antwortete Vladimir voller Überzeugung, doch als er in ihre Augen sah, spürte er jene tiefe Melancholie, die er von Anfang an in Lenas Blick bemerkt hatte.

Die Tage vor dem Start vergingen mit den letzten Vorbereitungen und dem Flug nach Kasachstan, bevor der Abend vor dem entscheidenden Tag gekommen war. Schon seit fast einer Woche hatte Lena nachts kaum ein Auge zugetan und hatte neben Vladimir viele Stunden lang wach gelegen, ohne sich zu rühren, um ihn nicht aufzuwecken und die Qual ihrer Unruhe und Einsamkeit zu verbergen wie ein niemals zu offenbarendes Geheimnis. Wie zuvor war jedoch auch an jenem letzten Tag vor dem Flug nichts von dieser dunklen Seite ihrer Seele zu spüren. Auch als sie sich am frühen Abend von Vladimir verabschiedete, wirkte sie zutiefst überzeugt von ihrem Glauben an den Sozialismus und die Zukunft der Raumfahrt.

»Bis morgen Abend«, sagte sie zum Schluss, und nur ein leichter Anklang der Schwermut in ihrer Stimme und ihrem Blick verriet ihre niemals vergossenen Tränen.

Nach ihrem Abschied von Vladimir bereitete sich Lena auf eine kurze Nacht vor und ging anschließend zu Bett. Doch obwohl sie, wie empfohlen, zwei Beruhigungstabletten eingenommen hatte, fand sie kaum Schlaf. Während die Stunden vergingen, erlebte sie in ihrer Phantasie nicht nur den bevorstehenden Flug ins Weltall, sondern auch ihre Aufklärungsflüge über Sibirien und all die Empfindungen, die mit ihnen verbunden waren. Wieder spürte sie, wie bei ihrem letzten Flug über die Arktis, dass sie und die materielle Welt, die sie umgab, nur ein Teil eines größeren Ganzen waren, in dem sie sich geborgen fühlte. Diese Geborgenheit ließ sie schließlich zwei Stunden tiefe Ruhe finden, bevor sie um kurz nach fünf Uhr geweckt wurde.

Während sie duschte und sich anzog, fühlte sie noch mehr als zuvor jene Mischung aus Erregung und Beklemmung, die in den letzten Tagen ihre Seele erfüllt hatte. Um halb sieben wurde sie in einen Raum geführt, in dem ein Frühstück auf sie wartete, das aus zwei Eiern, zwei Brötchen und Wurst bestand, zum Abschluss gefolgt von süßem Gebäck. Während sie das Essen zu sich nahm, versuchte sie mit aller Kraft, sich ihre Anspannung nicht anmerken zu lassen, und konnte doch nicht vermeiden, dass sich auf den Fotos, die nach dem Frühstück aufgenommen wurden, ihre Todesfurcht widerspiegelte, die sie stärker empfand als alle anderen Kosmonauten.

Anschließend begleiteten mehrere Offiziere Lena zu dem kleinen Bus, der sie zur Startrampe bringen sollte. Als sie das Gebäude verließ, wurde sie nochmals fotografiert und bemühte sich, möglichst souverän und entspannt zu wirken und ihre Begeisterung für die Raumfahrt und den bevorstehenden Flug ebenso zum Ausdruck zu bringen wie ihren Glauben an die Überlegenheit des Sozialismus.

Während der Fahrt sah Lena zum ersten Mal von Ferne die umgebaute Interkontinentalrakete, mit der sie als erster Mensch in den Weltraum fliegen würde. Als sie nach wenigen Minuten die Startrampe erreichte und ausstieg, stand sie nahezu unmittelbar vor der etwa 40 Meter hohen Trägerrakete mit ihren vier Triebwerken und der Wostok-Kapsel an der Spitze. Im Angesicht der startbereiten Rakete fühlte sie mit nie geahnter Unmittelbarkeit eine erdrückende Angst vor dem Tod und der physischen Vernichtung, die ihr alle Überwindung abverlangte, als sie schließlich den Raum betrat, in dem sie mit Hilfe von Technikern den Raumanzug anlegte, den sie während des Fluges tragen sollte.

Wenig später wurde sie mit einem Aufzug an die Spitze der Rakete gebracht, von wo aus ein Steg zum Eingang der Kapsel führte. Als sie die schmale Brücke überquerte und nach unten blickte, empfand sie leichten Schwindel und fürchtete für einen Augenblick, das Gleichgewicht zu verlieren und in den Abgrund zu stürzen, der sich neben ihr auftat. Schließlich jedoch erreichte sie die Kapsel, legte sich mit angewinkelten Beinen in den Sitz und schnallte sich an, bevor kurz darauf die Luke hinter ihr verschlossen wurde wie das letzte Tor zur irdischen Welt. Lena betrachtete die Anzeigen und Armaturen um sie herum, deren Funktionen sie in- und auswendig kannte, und warf schließlich einen Blick aus dem kleinen Fenster über ihr auf den blauen Himmel, in den sie sich bald erheben sollte.

Der Countdown verlief planmäßig und ohne Verzögerungen. Lenas Körper erstarrte in regloser Anspannung, während der Schweiß aus all ihren Poren brach, bevor von allen Seiten ein infernalischer Lärm auf sie eindrang, der ihren Schädel beinahe zerbersten ließ. Sie spürte, wie sich die Rakete rasch vom Boden löste, während die Erschütterungen alle Fasern ihres Körpers durchdrangen und ihr Kopf von Vibrationen und Turbulenzen hin- und hergeschleudert wurde, so dass sie beinahe fürchtete, das Bewusstsein zu verlieren. Wie niemals zuvor fühlte sie sich einer ebenso faszinierenden wie beängstigenden Gewalt ausgeliefert, die sie all ihre Verwundbarkeit und Hilflosigkeit gegenüber der übermächtigen Maschine spüren ließ, die sie erbarmungslos in eine lebensfeindliche Umgebung katapultierte.

Nach kurzer Zeit bemerkte sie, wie der blaue Himmel einer tiefen Schwärze wich, überstrahlt vom Licht der Sonne und erfüllt von zahllosen Sternen, Nebeln und Galaxien. Wenige Minuten später erlosch das Dröhnen der Triebwerke, und an seine Stelle trat eine Stille, in der der Anblick des Weltraums noch weit unergründlicher erschien. Als Lena ihren Blick auf die Erde richtete, sah sie unter sich die Gebirge Ostsibiriens und die Vulkane der Halbinsel Kamtschatka, die sie so oft überflogen hatte. Aus einem der Vulkane drang Rauch, und sie glaubte, aus der großen Höhe das rötliche Leuchten der Lava in seinem Krater zu erkennen. Der Anblick weckte in ihr all die Erinnerungen an ihre Jahre in Petropawlowsk, doch wirkten die Kegel der Berge aus dem Weltraum ferner und wie ein winziger Teil der Unendlichkeit, die sie umgab und der auch Lena sich zugehörig fühlte. Nachdem Lenas Raumschiff Kamtschatka überquert hatte, erblickte sie das metallische Blau des Pazifischen Ozeans, das nach einigen Minuten von den Wolken eines gewaltigen Sturmwirbels verdeckt wurde, der sich fast bis zur Küste Südamerikas erstreckte. Als Lena die südamerikanische Küste erreichte, hatte bereits die Dämmerung begonnen, in der die Gebirge Patagoniens rot aufleuchteten wie das letzte Fanal des zu Ende gehenden Tages, während in den Tälern und Ebenen die Dunkelheit anbrach. Als die Wostok-Kapsel schließlich ganz in die Finsternis eintauchte, glaubte Lena, schon viele Stunden unterwegs zu sein, obwohl ihr Flug erst vor etwas mehr als 30 Minuten begonnen hatte. Während sie über den Atlantik hinwegflog, ließen die Sterne, die Milchstraße und der Weltraum über ihr sie mehr als je zuvor spüren, dass die materielle Welt und ihr irdisches Leben nur ein vergängliches Nichts im All und in der Ewigkeit waren. Gleichzeitig wurde ihr ebenso bewusst, dass nur die dünne Wand des Raumschiffs sie von der Leere des Weltraums trennte, und ihre Angst vor der physischen Vernichtung kehrte mit aller Macht zurück. Als die Kapsel schließlich die Küste Afrikas überquerte, betrachtete Lena den in tiefer Dunkelheit liegenden Kontinent, der nur an einigen Stellen von den Lichtinseln großer Städte erhellt wurde, welche die sie umgebende endlose Finsternis noch geheimnisvoller und bedrohlicher erscheinen ließen, bevor sie sich dem Indischen Ozean näherte und die ersten Sonnenstrahlen den erwachenden Tag ankündigten wie die Boten eines neuen Lebens.

Lena wusste, dass der Zeitpunkt des Wiedereintritts in die Atmosphäre gekommen war, und erhielt kurz darauf von der Bodenstation die Information, dass die Zündung der Bremstriebwerke unmittelbar bevorstehe. Wenig später zerriss ein lautes Geräusch die Stille des Alls, und Lena bemerkte, dass sich die Kapsel nach unten neigte und der Welt unter ihr rasch näher kam. Nur Augenblicke später erschienen vor dem Fenster die ersten Flammen, begleitet von einem hellen Leuchten, das zeigte, wie nahe sie gerade in diesen Momenten dem Ende ihres Lebens war. Während sie so der Erde entgegenraste, verbreitete sich innerhalb von Sekunden im Inneren der Kapsel eine qualvolle Hitze, die Lena mit Haut und Haaren versengte, und ebenso plötzlich wurde das Raumschiff von heftigen Turbulenzen erschüttert, die es zu zerreißen drohten. Noch bevor Lena begriff, was geschah, begann die zerbrechende Kapsel sich immer schneller zu drehen und taumelte unkontrolliert ihrem Verderben entgegen. Lena wand sich vor Schmerz, während die glühende Hitze sich immer tiefer in ihren Körper einbrannte und das kleine Raumschiff von einem höllischen Feuermeer umgeben war wie ein verirrter Reisender im Abgrund der Unterwelt. Sie wusste, dass sie ihr Ziel wohl nicht mehr erreichen und nicht in der Lage sein würde, den Schleudersitz zu betätigen und sich aus der verglühenden Kapsel zu befreien. Während die Qual des Todes sich ihres Körpers und ihrer Seele bemächtigte, stieß sie einen letzten, verzweifelten Aufschrei aus: »Genossen!... Mein Gott, ich verbrenne!«

Als Lena die Augen öffnete, saß Vladimir neben ihrem Krankenbett. Er war offenbar zu Besuch gekommen, während sie geschlafen hatte. Zwei Monate hatte sie bereits in dem Krankenhaus in der Nähe Moskaus verbracht, nachdem sie bewusstlos aus der Wostok-Kapsel geborgen worden war, die in der Steppe Kasachstans niedergegangen war. Lena hatte den ungebremsten Aufprall nur deshalb überlebt, weil die Kapsel in einem von weichem Sand bedeckten Gebiet gelandet war. Freilich hatte sie durch den Absturz zahlreiche Knochenbrüche erlitten und musste jetzt mühsam an Krücken wieder gehen lernen. Zudem hatte sie durch die Hitze während des Wiedereintritts in die Atmosphäre schwere Brandverletzungen zugezogen, die mehrere Operationen erfordert hatten. Nach ihrer Einlieferung ins Krankenhaus hatte Lena erfahren, dass ihr Flug beinahe tödlich geendet hätte, weil sich die Versorgungseinheit des Raumschiffs zu spät von der Kapsel getrennt hatte. Während Lena beinahe verbrannte und dem Tod näher als dem Leben war, hatten sich die Verbindungselemente zwischen dem Versorgungsmodul und der Kapsel durch die Hitze und die Reibung mit der Atmosphäre gelöst, was Lena in letzter Sekunde das Leben gerettet hatte. Wie durch ein Wunder war trotz des harten Aufschlags ihre Wirbelsäule unverletzt geblieben, so dass sie später vielleicht in ein mehr oder weniger normales Leben würde zurückzukehren können, obwohl vieles niemals wieder so sein würde wie zuvor. Während Lena noch bewusstlos im Krankenhaus lag, war wenige Tage nach ihr Juri Gagarin ins All geflogen und nach seiner Landung als erster Mensch im Weltraum und sozialistischer Held gefeiert worden. Lenas Flug dagegen wurde peinlich verschwiegen, und ihr Schicksal wurde streng geheim gehalten, weil niemand von ihrem Absturz und dem beinahe tödlichen Ende der Mission erfahren sollte. Ihr selbst war unter Androhung schwerer Strafen verboten worden, mit irgendjemand anderem außer Vladimir über die wahren Gründe für ihre Verletzungen und über ihren Raumflug zu sprechen. Stattdessen war sie dazu verpflichtet worden, eine erfundene Legende von einem Autounfall zu verbreiten, um ihr Schicksal zu erklären, und auch Vladimir war striktes Stillschweigen auferlegt worden.

Vladimir lächelte, als sie die Augen aufschlug, und sagte: »Ich bin nach dem Dienst gleich hierhergekommen, wie jeden Tag.«

»Ich war nur kurz eingeschlafen«, antwortete Lena. »Vorher hatte ich eine halbe Stunde das Gehen geübt und war hinterher todmüde. Du weißt schon ... die Schmerzen, die Anstrengung ...«

»Ja«, erwiderte Vladimir. »Aber trotz allem hast du deinen Glauben an den Sozialismus nicht verloren.«

»Nein ... Wie dir bedeutet mir der Sozialismus alles, auch wenn er uns manchmal fast Übermenschliches abverlangt«, sagte Lena, doch als Vladimir ihr ins Gesicht sah, bemerkte er wieder jenen melancholischen Blick, den er so gut kannte.

»Mir geht es genauso, auch wenn ich nicht weiß, wie mein Flug enden wird ... Aber was auch geschieht ... Wir gehören für immer zusammen.«

»Ja, für alle Ewigkeit ...«, entgegnete Lena, während Vladimir mit seiner rechten Hand über ihre Stirn strich.

Rebecca hörte, dass die Wohnungstür sich schloss, und bemerkte, dass es acht Uhr abends war. Sie wusste, dass Christian wie geplant von seiner kurzen Reise zurückgekehrt war, und begrüßte ihn. Nachdem er ihr kurz erzählt hatte, wie der Tag verlaufen war, und Rebecca ihm von Steffis Besuch berichtet hatte, fuhr sie fort:

»Später war ich müde und habe drei Stunden geschlafen, nachdem ich vorher noch etwas gelesen hatte ... Ein Bild in einem deiner Bücher hat mich offenbar zu einem längeren Traum inspiriert.«

»Wovon hast du geträumt?«

»Von der Tochter eines Mädchens aus einer militarisierten Komsomol-Gruppe, die als erste Frau ins All geflogen ist.«

»Ich weiß, von welchem Bild du sprichst ... Ich habe mich auch schon manchmal gefragt, welche Person sich hinter diesem Propagandagemälde verborgen hat und wie ihr Schicksal ausgesehen haben könnte.«

»Diese Frage habe ich mir auch gestellt, als ich das Bild gesehen habe, und ich habe sie dann in meinem Traum auf phantasievolle Weise beantwortet«, erwiderte Rebecca und erzählte Christian von ihrem Traum.

»Die Geschichte ist durchaus plausibel«, sagte er. »Nicht zuletzt spiegelt sie auch deine eigenen Gedanken wider.«

»Wie zum Beispiel den Glauben daran, dass die materielle Welt nur ein Teil einer umfassenden Wirklichkeit ist ... Das ist ein Gedanke, der auch Lena in schweren Augenblicken immer wieder Trost gespendet hat.«

»Ja, auch wenn er natürlich mit den materialistischen Überzeugungen von Sozialisten nur schwer vereinbar ist.«

»Richtig. Aber sicher hegen selbst Sozialisten manchmal solche Gedanken, auch wenn sie derartige Ideen, wie Lena, nicht offen aussprechen.«

»Ja ... Trotzdem ist Lena ihren sozialistischen Überzeugungen bis zum Ende treu geblieben, obwohl der sozialistische Staat sie eigentlich bitter enttäuscht hat.«

»Das stimmt, aber sie konnte diese Überzeugungen nicht einfach so aufgeben, auch wenn sie vielleicht im tiefsten Inneren an ihnen gezweifelt hat. Das ist im wahren Leben nicht anders. Diese Erfahrung machen wir auch heute ...«

»Ja«, antwortete Christian. »Die Menschen brauchen etwas, woran sie glauben können, und oft ist dieser Glaube bedingungslos, weil er für viele zum Leben so notwendig ist wie die Luft zum Atmen.«

»Nur kann dieser Glaube leider auch tödlich oder selbstmörderisch sein.«

»Da hast du leider recht«, entgegnete Christian, während beide das Spiel der letzten Sonnenstrahlen in den Blättern der nahen Alleebäume beobachteten.

FREMDE WELT

Der Gluthauch der Salzwüste brannte in Steffis Gesicht, und die Strahlen der Mittagssonne blendeten ihre Sinne. Sie spürte das langsame, gleichmäßige Pochen des Blutes in ihren Adern, während vor dem tiefroten Hintergrund ihrer geschlossenen Augen grelle Lichtblitze wie feurige Dolche in ihr schwindendes Bewusstsein drangen, das mehr und mehr einem Zustand wich, in dem sich Ohnmacht und Wahnsinn vermengten.

Als sie aus ihrer Benommenheit erwachte, sah sie vor sich eine Gruppe von verkümmerten Bäumen, in deren Schatten sie sich niederließ. Nachdem sie ein wenig Wasser getrunken hatte, ließ sie ihre Blicke über die einsame, ebenso bedrohliche wie faszinierende Landschaft schweifen, in der in weiter Ferne der Abgrund einer gewaltigen Schlucht klaffte, deren rote Sandsteinformationen im Sonnenlicht glänzten. Als sie sich umwandte, eröffnete sich ihr das überwältigende Panorama eines ausgetrockneten Meeresbeckens, dessen Ränder sich kilometerhoch über den salzbedeckten ehemaligen Meeresgrund erhoben. Während die Kliffs und Abhänge im Süden weniger steil anstiegen, ragte im Norden eine mächtige Insel weit mehr als tausend Meter über den Boden des Salzbeckens empor. Ihre Flanken bildeten Hunderte von Metern hoch aufragende rötliche Wände, in denen sich die dunklen Öffnungen von Höhlen abzeichneten, die wohl noch nie ein Mensch betreten hatte. Unwillkürlich drängte sich ihr die Erinnerung an einen Ausspruch eines römischen Philosophen auf, den sie in ihrer Jugend gelesen hatte: »Das Leben ist Krieg und der Aufenthalt eines Fremden in einer fremden Welt.« Nach einiger Zeit übermannte sie schließlich wieder zunehmende Müdigkeit, und sie fiel in einen tiefen Schlaf, aus dem sie erst nach Mitternacht erwachte.

Im Mondlicht der klaren, kalten Nacht erschienen weit entfernte Ufer anderer Welten, auf die Steffi sich wie im Traum zubewegte. Sie lief weiter und immer weiter durch die endlose Salzwüste, bei Tag und bei Nacht, bis der ehemalige Meeresboden teils sanft, teils steil anstieg und ihr Weg sie aus der salzbedeckten Einöde hinausführte. Schließlich erblickte sie rechts neben sich eine Wand aus Fels und Geröll, die die Wüste von der Brandung des Ozeans trennte. Der gewaltige Damm mündete auf der anderen Seite in eine hügelige Landschaft und schließlich in ein Gebirge, dessen schneebedeckte Gipfel sich weit über die Wüstenebene erhoben. Im Sonnenlicht des wolkenlosen Tages beobachtete Steffi die Meereswellen, die gegen das Bollwerk schlugen und sich unaufhörlich ihren Weg in diese fremde Welt zu bahnen suchten, als ob sie wüssten, dass sie ihnen gehörte. Nach einiger Zeit suchte sie Schutz in einer kleinen Höhle und schlief gegen Abend ein, während der Wind auffrischte und immer höhere Wellen gegen die mächtige Barriere trieb, die der unendlichen Flut des Ozeans Einhalt gebot. Im Lauf der Nacht glaubte sie mehrmals zu spüren, wie die Erde unter ihr sich bewegte, doch nahm sie das leichte Zittern des Bodens nicht bewusst wahr und schlief weiter, bis am nächsten Tag die Sonne bereits hoch am Himmel stand. Als sie aus der Höhle heraustrat, bemerkte sie, dass der Wall an mehreren Stellen schwach und brüchig wirkte, als ob er der unwiderstehlichen Macht der Sintflut nicht mehr lange standhalten könne. Bevor Steffi noch Zeit hatte, sich vorzustellen, was geschehen würde, erfüllte ein anschwellendes Dröhnen die Luft, das sich zu einem markerschütternden Lärm steigerte, während der Grund unter ihren Füßen heftiger und heftiger wankte, so dass sie Mühe hatte, sich auf den Beinen zu halten. Gleichzeitig beobachtete sie, wie sich in dem felsigen Bollwerk vor ihr klaffende Risse bildeten, aus denen wie verschlingende Ungeheuer turmhohe Wellen hervorbrachen und die Landschaft vor ihnen auslöschten, die Steffi noch vor kurzem durchwandert hatte. Innerhalb weniger Augenblicke riss die Hunderte von Metern hohe Flutwelle den Damm mit sich und verwandelte sich in einen kilometerbreiten Fluss, der dem Ozean mit nie gesehener Gewalt eine Welt zurückgab, die in Jahrmillionen entstanden war. Immer weiter und tiefer wurde der Strom, und Steffi fürchtete, dass ihr Leben im winzigen Bruchteil eines Augenblicks zu Ende gehen würde ...

Als sie die Augen öffnete, drang das Rauschen der Brandung an der Küste New Jerseys an ihr Ohr, und sie bemerkte, dass Ulrike im Bett neben ihr fest schlief. Steffi warf einen kurzen Blick auf ihre Uhr und sah, dass es zehn Uhr abends war und dass die Dämmerung des Frühsommerabends ihr Schlafzimmer in ein sanftes rötliches Licht tauchte. Steffi und Ulrike waren an jenem Abend früh zu Bett gegangen, nachdem sie am Morgen Frankfurt für immer verlassen hatten. Obwohl Steffi unter einer gewissen Anspannung litt, fand sie nach wenigen Minuten wieder Schlaf. Freilich ließen ihre Träume bald die beunruhigenden Erlebnisse der vergangenen Monate wieder lebendig werden. Es war kaum mehr als ein halbes Jahr her, dass sie als Dozentin an einer Musikhochschule nach einem Streit mit einer Studentin und einer darauffolgenden Auseinandersetzung mit Angehörigen der »Bruderschaft der Gerechtigkeit« der Diskriminierung beschuldigt und wegen Körperverletzung und anderer Vergehen zu einer Bewährungsstrafe und zur Teilnahme an einem Therapieseminar verurteilt worden war. Während des sechswöchigen Seminars waren sie und ihre Leidensgenossinnen immer wieder dazu gedrängt worden, vor einer Gruppe Selbstkritik zu üben und durch erniedrigende Arbeit unter Beweis zu stellen, dass sie bereit waren, sich zu ändern. Steffi sah die enge, stinkende und von Ratten wimmelnde Kanalröhre vor sich, die sie mit ihren Kameradinnen Claudia, Annette und Désirée hatte reinigen müssen. Sie sah die geschundenen Gesichter ihrer drei Mitgefangenen, die nach schlaflosen Nächten und wochenlanger Arbeit in der beängstigenden Atmosphäre des Abwasserkanals dem Wahnsinn nahe waren, bevor Annette und Désirée schließlich die Therapeutinnen auf Knien um Gnade angefleht hatten und daraufhin entlassen worden waren, wohingegen Claudia, die immer jede Selbstkritik abgelehnt hatte, nach dem Abschluss des Seminars ihre Gefängnisstrafe hatte antreten müssen. Steffi war ebenfalls standhaft geblieben und war am Ende nur deshalb einem längeren Gefängnisaufenthalt entgangen, weil sie als Konzertpianistin die Unterstützung eines bekannten Konservatoriums und des amerikanischen Konsulats gefunden hatte und deshalb in der Lage gewesen war, gemeinsam mit ihrer Partnerin Ulrike nach Amerika auszuwandern, nachdem sie noch am Flughafen beinahe im letzten Augenblick verhaftet worden wäre, was nach Steffis Vermutung möglicherweise damit zusammenhing, dass sie Claudia, Annette und Désirée ihre Adresse gegeben und versprochen hatte, ihnen zu helfen. Steffi selbst fühlte sich mittlerweile halbwegs sicher, nachdem sie und Ulrike am Nachmittag in New York gelandet und von ihren beiden langjährigen Freundinnen Sarah und Sylvia empfangen worden waren, die bereits ein kleines Haus in New Jersey für sie gemietet hatten. Freilich fürchtete sie, dass Claudia, Annette und Désirée in Gefahr sein könnten, weil sie nach dem Ende des Therapieseminars mit ihr in Kontakt geblieben waren und damit ihr letztlich ungebrochener Widerstandsgeist deutlich geworden war. Als Steffi aufwachte, zeigte die Uhr halb zwölf. Es war mittlerweile dunkel, und nur das Licht der Straßenlampen und das Geräusch stetig sich brechender Wellen drangen durch das halb geöffnete Fenster in ihr Schlafzimmer. Nachdem Steffi einen Schluck Wasser getrunken und für kurze Zeit auf den Strand und den dunklen Ozean auf der anderen Straßenseite geblickt hatte, legte sie sich wieder ins Bett und schlief nach etwa einer halben Stunde ein.

Zur selben Zeit wurde Désirée in Rüsselsheim durch lang anhaltendes Klingeln aus dem Schlaf gerissen. Die Nacht war kurz gewesen, weil sie bis spätabends als Mitglied einer Putzkolonne Büroräume hatte reinigen müssen und erst gegen halb zwei zu Bett gegangen war. Trotzdem war sie sofort hellwach und öffnete voller banger Erwartung die Wohnungstür.

»Frau Désirée Mbeke?«, fragte einer der beiden Männer auf dem Treppenabsatz.

»Ja«, erwiderte Désirée.

Daraufhin wies einer der beiden sich als Kriminalpolizist aus und zeigte Désirée ein rotes Formular, das die Überschrift »Haftbefehl« trug.

»Sie sind festgenommen«, sagte der Polizist, während Désirée, von grellem Licht geblendet, den Inhalt des Dokuments zu lesen versuchte, in dem von einem Verstoß gegen Bewährungsauflagen die Rede war.

»Sie haben fünf Minuten, um sich anzuziehen ... Wir machen Sie darauf aufmerksam, dass wir bei einem Fluchtversuch von der Schusswaffe Gebrauch machen müssen«, fuhr der Polizeibeamte nach wenigen Augenblicken fort.

Während Désirée sich anzog und einige wenige Hygieneartikel in einer kleinen Tasche verstaute, war sie kaum in der Lage, einen klaren Gedanken zu fassen. Sie ahnte, was geschehen war, und vermutete, dass ihre schlimmsten Befürchtungen Wirklichkeit werden würden, spürte aber trotz allem auch ihre Entschlossenheit, sich selbst treu zu bleiben, so schwer es auch sein würde. Auf der Fahrt ins Gefängnis beobachtete Désirée die aufgehende Sonne über der Frankfurter Innenstadt. Obwohl sie sich des Gedankens nicht erwehren konnte, dass es vielleicht das letzte Mal war, dass sie das Licht des beginnenden Morgens sah, erfüllte sie der Anblick mit der Hoffnung, dass das, was ihr bevorstand, nicht das Ende bedeuten würde. Als sie etwa eine halbe Stunde später die Haftanstalt im Westen der Stadt erreichten, musste Désirée sich in der Aufnahmeabteilung nackt ausziehen und ihre persönlichen Gegenstände abgeben, bevor eine Beamtin alle ihre Haare abrasierte. Während Désirée ihre Locken auf den Boden fallen sah, bemerkte sie einmal mehr, dass sie trotz ihrer 28 Jahre an manchen Stellen ergraut waren und dass auch ihr Körper nach dem wochenlangen Aufenthalt im Therapiezentrum ausgemergelt und verletzlich aussah, auch wenn ihre Muskulatur durch die ständige körperliche Arbeit noch kräftig wirkte. Danach erhielt Désirée die dünne, zerschlissene blaue Anstaltskleidung, die sie von nun an tragen sollte und die sie noch verwundbarer erscheinen ließ.

Schließlich wurde sie von zwei Aufseherinnen zu ihrer Zelle gebracht, die sich im obersten Stockwerk des Gefängnisgebäudes befand. Nachdem die Wärterinnen die Zellentür hinter sich verschlossen hatten, nahm Désirée ihre neue Behausung in Augenschein. Der fensterlose Raum, in dem sich nur eine Pritsche, ein Waschbecken und eine Toilette befanden, wurde ausschließlich durch künstliches Licht erhellt, das sich weder ein- noch ausschalten ließ. Die Beleuchtungsanlage bestand aus acht starken Lampen, installiert über einer dicken Plexiglasscheibe unter der Decke, obwohl eigentlich eine Leuchte völlig ausgereicht hätte. Unterhalb der Plexiglasscheibe sowie knapp oberhalb des Fußbodens waren in der ganzen Zelle verteilt neben zahlreichen Lüftungsschlitzen zehn mit starken Gittern versehene Öffnungen angebracht. Bevor Désirée Zeit hatte, über den Sinn dieser Einrichtungen nachzudenken, wurde die Tür geöffnet und sie wurde, mit Handschellen an zwei Beamtinnen gefesselt, hinausgeführt.

Auf dem Gang begegneten ihr zwei Frauen, die ebenfalls mit den Händen an je zwei Wärterinnen gekettet waren und anscheinend in ihre Zellen zurückgebracht wurden. Nach wenigen Augenblicken bemerkte Désirée, dass es sich um Claudia und Annette handelte, die beide starr geradeaus blickten und es peinlich vermieden, ihr ins Gesicht zu sehen. Die fast zwei Meter große Claudia sah stark abgemagert und in ihrer Gefängniskleidung geradezu zerbrechlich aus, obwohl Désirée sie noch vor wenigen Monaten als durchtrainierte Leistungssportlerin kennengelernt hatte. Annette dagegen war körperlich weniger geschwächt, doch wirkte ihr Blick so, als ob sie, wie Claudia, dem Wahnsinn nahe sei. Désirée war von dem Anblick ihrer beiden ehemaligen Kameradinnen zutiefst verstört und verängstigt, noch bevor sie eine der Verhörzellen erreichte, von denen Claudia und Annette offenkundig gekommen waren.

In der Zelle wurde Désirée zu einem Stuhl geführt, der etwa einen Meter vor einem großen Schreibtisch im hinteren Teil des ebenfalls fensterlosen Raumes stand, und mit zwei Handschellen an die Armlehnen gefesselt. Auch hier waren an der Decke mehrere Lampen angebracht, die ein kaltes, bläuliches Licht verbreiteten, wobei eine starke Leuchte von oben unmittelbar auf Désirée gerichtet war, so dass alle ihre Bewegungen, ihr Gesichtsausdruck und ihr ganzer Körper in sämtlichen Einzelheiten sichtbar waren. Hinter dem Schreibtisch standen zwei leere Stühle, hinter denen eine der Beamtinnen Aufstellung genommen hatte, während die zweite hinter Désirée stand. Désirée erwartete, dass die Vernehmung jederzeit beginnen würde, doch es geschah nichts, außer dass die Aufseherin vor ihr sie ständig im Auge behielt. Während die Minuten und die Stunden vergingen, erschienen vor ihrem inneren Auge immer wieder bruchstückhafte Erinnerungen an ihre Jugend in Simbabwe, ihre Eltern, ihren Flug nach Europa, auf den sie in der Hoffnung auf ein besseres, freieres Leben einen großen Teil ihrer Ersparnisse verwendet hatten, und ihre ersten Jahre in Deutschland, wo sie seit ihrem 15. Lebensjahr lebte. Sie hatte zunächst drei Jahre lang die Schule besucht und nach einer Ausbildung zur

Gebäudereinigerin sechs Jahre in diesem Beruf gearbeitet, bevor sie wegen verbrecherischer Verleumdung entlassen und zu einer Bewährungsstrafe sowie zur Teilnahme an einem sozialtherapeutischen Erziehungsseminar verurteilt worden war. Nach dem Ende des Seminars hatte sie nur schlecht bezahlte Arbeit in einer Putzkolonne gefunden, so dass der Lohn für ihre mehr als zehnstündigen Arbeitstage gerade für eine kleine Einzimmerwohnung ausreichte.

Während Désirée diese Erinnerungen und Bilder durch den Kopf gingen, bemerkte sie, dass sie zu frösteln begann, weil aus einem Lüftungsschlitz über ihr immer kältere Luft auf sie herabströmte. Schließlich nahm sie ihren Mut zusammen und sagte: »Mir ist kalt«, doch die Beamtin vor ihr sah sie nur reglos an, ohne ihr zu antworten. Es schien Désirée, dass wiederum Stunden vergingen, während die Kälte sie immer stärker erschauern ließ, so dass sie sich zusammenkrümmte, um sich aufzuwärmen. Nach langer Zeit sagte Désirée endlich verzweifelt zu den Beamtinnen: »Ich muss auf die Toilette«, worauf die Aufseherin hinter dem Schreibtisch erwiderte: »Das geht nicht. Sie müssen hierbleiben.« Wenig später flehte Désirée die Wärterinnen an: »Bitte ... Ich muss wirklich dringend auf die Toilette«, doch die Beamtin vor ihr entgegnete nur mit einem eisigen »Nein«. Nach einer weiteren Viertelstunde begann Désirée leise zu schluchzen und spürte, wie eine warme Flüssigkeit an ihren Beinen herablief und sich auf dem Boden und auf ihrem Stuhl sammelte.

Kurz darauf betraten zwei etwa 40-jährige Frauen in schwarzer Uniform den Raum, und eine der Wärterinnen löste Désirées Handschellen. »Stehen Sie auf!«, sagte die Beamtin hinter ihr. Désirée richtete sich, von der Deckenlampe angestrahlt, zitternd auf, während die beiden Vernehmungsbeamtinnen sie von oben bis unten musterten. »Sie können sich wieder setzen«, sagte schließlich eine von ihnen, worauf sowohl Désirée als auch die verhörenden Beamtinnen auf ihren Stühlen Platz nahmen.

Nachdem sie mehrere Blätter und Dokumente sorgfältig auf dem Schreibtisch angeordnet hatte, sagte eine der beiden Beamtinnen:

»Sie wissen, warum Sie hier sind ...«

»Nein«, antwortete Désirée.

»Sie lügen schon wieder, so wie Sie es immer getan haben. Wir wissen aus Zeugenaussagen, dass Sie mindestens einmal Kontakt zu einer gewissen Steffi Weber hatten, die als ausgewiesene Feindin der Menschheit und des Sozialismus bekannt ist. Das ist ein klarer Verstoß gegen die Auflagen der Bewährung, die Sie sich mit gespielter Verzweiflung und geheuchelter Demut erschlichen haben.«

»Steffi hat mir nur ihre Adresse gegeben ...«

»Es gibt kein ›Nur‹ im Kampf um die Zukunft der Menschheit. Sie haben damit unter Beweis gestellt, dass Sie noch immer unbelehrbar Ihren verbrecherischen Überzeugungen anhängen, die Sie so oft kundgetan haben. Bei einem Treffen mit Frau Weber haben Sie sich zudem abfällig über die ambulante Therapie geäußert, die Sie als Teil der Bewährungsauflagen besuchen mussten.«

»Es wurde mir alles einfach zu viel ... die zehn bis zwölf Stunden Arbeit pro Tag, die Therapie und die gemeinnützige Arbeit auf Bauernhöfen an den Wochenenden. Ich war todmüde ...«

»Aber offenbar nicht zu müde, um an Ihren kriminellen Ideen festzuhalten, was natürlich auch den Therapeutinnen nicht entgangen ist. Deshalb haben Sie dann ja auch, verlogen wie immer, darum gebeten, an den Wochenenden freiwillige Arbeit leisten zu dürfen.«

»Ich habe bei der Arbeit getan, was ich konnte.«

»Auch das stimmt nicht. Die Therapeutinnen haben Sie als faul und aufsässig beschrieben und auch hier Ihre negative Einstellung deutlich bemerkt.«

»Ich konnte manchmal wirklich nicht mehr. Es hatte nichts mit meiner Einstellung zu tun.«

»Sie haben freilich immer wieder, auch nach dem Ende des Therapieseminars, unsere demokratische Regierung, den Ausschuss für weltweite Wohlfahrt und Gerechtigkeit, als einen Haufen von Lügnern und Betrügern beschimpft und damit gezeigt, dass Therapien und Hilfsangebote bei Ihnen nutzlos sind.«

Als Désirée wortlos den Kopf senkte, fuhr die Beamtin fort:

»Hat es Ihnen die Sprache verschlagen? Sie sind doch auch sonst nicht um Worte verlegen, wenn es darum geht, Hass zu verbreiten und andere zu täuschen. Geben Sie also zu, was Ihnen vorgeworfen wird?«

Désirées blaue Lippen zitterten, als sie stammelte: »Ich ... Ich habe nur ...«

»Sehen Sie sich an!«, erwiderte die Beamtin. »Sie sind doch nur noch ein zitterndes, nutzloses Häufchen Elend, das zu keinem klaren Gedanken mehr fähig ist. Eigentlich haben Sie jedes Recht verwirkt, Mitglied der menschlichen Gesellschaft zu sein. Sie selbst sind in Wahrheit diejenige, die lügt und betrügt, und haben sich damit selbst aus unserer Gemeinschaft ausgeschlossen. Hier freilich wird die Wahrheit über Sie erbarmungslos ans Licht kommen, und Sie werden diesen Ort nicht verlassen, bis Sie sich grundsätzlich und für immer geändert haben, so oder so ...«

Daraufhin gab die Vernehmungsbeamtin den beiden Aufseherinnen ein Zeichen. Sie griffen Désirées Arme, legten ihr Handschellen an und brachten sie in ihre Zelle zurück, wo sie sich völlig erschöpft auf ihre Pritsche fallen ließ. Da sie keine andere Kleidung erhalten hatte als die, die sie am Leib trug, zog sie nur kurz ihre Hose und ihre Jacke aus, um sich notdürftig zu waschen, legte sich auf die dünne Matratze und bedeckte sich mit dem darauf liegenden Leinentuch. Nach kurzer Zeit bemerkte sie, dass die Zelle in ein kaltes, dunkelblaues Licht getaucht war und dass nur ihr Bett hell weiß erleuchtet war, wobei eine starke Lampe ihr direkt ins Gesicht schien. Als sie sich daraufhin ans Fußende des Bettes legte, folgte ihr der Lichtkegel der Leuchte. Gleichzeitig drang aus den vergitterten Öffnungen unter der Decke und oberhalb des Fußbodens laute Musik, eine Mischung aus fallenden Tritonusintervallen, an- und abschwellenden chromatischen Tonleitern und langsamen, tiefen Bässen, die Désirée als umso bedrohlicher empfand, je länger sie ihr ausgesetzt war. Auch als sie sich schließlich verzweifelt auf den nackten Zellenboden legte, um wenigstens dem grellen Licht zu entgehen, folgten ihr die Lampen an der Decke, vor denen es nirgends ein Entrinnen gab. Nachdem sie sich wieder ins Bett gelegt hatte, spürte sie zu ihrem Entsetzen, dass es, wie schon zuvor in der Verhörzelle, rasch immer kälter wurde und dass in der ganzen Zelle ein eisiger Luftstrom herrschte, der sie immer weiter auskühlen ließ. So sehr Désirée sich auch zitternd unter der dünnen

Decke zusammenkrümmte, konnte sie doch nicht verhindern, dass die Kälte unaufhaltsam von ihr Besitz ergriff. Sobald sie die Augen schloss, wurde sie von grellen, weißen Lichtblitzen am Einschlafen gehindert. Immer wieder richtete sie sich auf und betrachtete, von Weinkrämpfen geschüttelt, ihren grell angestrahlten Körper, bis sie schließlich mit offenen Augen in tiefe Benommenheit verfiel. Als sie aus diesem Zustand erwachte, wusste sie nicht, ob Minuten, Stunden oder Tage vergangen waren. Noch immer ertönte unablässig dieselbe bedrohliche Musik, die inzwischen sogar noch lauter geworden war. Désirée hatte längst jede zeitliche Orientierung verloren und wusste nicht mehr, ob draußen Tag oder Nacht herrschte und wie viel Zeit seit ihrer Verhaftung vergangen war. Als sie sich schließlich umdrehte, bemerkte sie, dass durch eine Klappe am Boden ein Essenstablett in ihre Zelle geschoben worden war, auf dem allerdings nur einige Scheiben Brot, Marmelade und ein wenig Gebäck lagen. Désirée war jedoch nicht in der Lage, etwas davon zu essen, und trank lediglich, am ganzen Leib vor Kälte und Angst zitternd, ein wenig Wasser aus einem Plastikbecher neben ihrem Waschbecken. Als sie sich wieder ins Bett gelegt hatte, hörte sie, wie die Klappe in der Tür geöffnet und das Tablett wieder abgeräumt wurde. Die Kälte war inzwischen etwas erträglicher geworden, nachdem Désirée gefürchtet hatte, erfrieren zu müssen, doch sah sie im hellen Licht der Deckenlampen, dass ihre Zehen und Finger sich blau verfärbt hatten und dass sie sie kaum noch bewegen konnte. Schließlich legte sie sich wieder hin und wartete auf die todesähnliche Apathie, die für sie der einzige Weg war, ihrer körperlichen und seelischen Qual und der Ausweglosigkeit ihrer Lage zu entrinnen, bevor die Kälte und die Wirklichkeit mit all ihrer grausamen Macht wieder in ihr Bewusstsein drangen. Nach langer Zeit wurde endlich die Zellentür geöffnet. Zwei Aufseherinnen legten Désirée Handschellen an und führten sie nach unten, in einen großen Saal, wo bereits mehrere hundert Frauen warteten, die von zahlreichen Beamtinnen bewacht wurden. Nachdem Désirée auf Anweisung der Wärterinnen auf einem der freien Stühle Platz genommen hatte, ließ sie ihre Blicke durch den Raum schweifen und bemerkte nach wenigen Augenblicken, dass Claudia mehrere Reihen vor ihr saß. Sie wirkte wie benommen und hielt, wie bei ihrer ersten Begegnung auf dem Weg zum Verhör, ihre Augen starr geradeaus gerichtet, so dass jeder Blickkontakt unmöglich war. Désirée zitterte noch immer leicht, obwohl im Saal eine normale Temperatur herrschte. Während sie zusammen mit ihren Mitgefangenen wartete, fragte sie sich, was geschehen würde, und blickte auf die Bühne am Kopfende des Saales, wo vier Stühle, ein Mikrofon und eine Kamera standen.

Nach einer Viertelstunde angespannter Erwartung, in der kaum ein Laut zu hören war, öffnete sich eine Tür, und eine Gefangene sowie drei weitere Frauen betraten die Bühne, von denen eine mit einer Uniform bekleidet war, die sie als höhere Beamtin auswies. Zu ihrem Entsetzen sah Désirée, dass es sich bei der Gefangenen um Annette handelte, die trotz ihrer 30 Jahre stark gealtert wirkte und wie abwesend über die Frauen im Saal hinwegblickte. Nachdem Annette und die beiden sie begleitenden Wärterinnen ihre Plätze auf den Stühlen eingenommen hatten, trat die vierte Frau ans Mikrofon und sagte:

»Als Leiterin dieser Einrichtung habe ich Sie heute sich hier versammeln lassen, um Zeuginnen zu werden, wie eine Ihrer Mitgefangenen nicht nur vor Ihnen, sondern vor einem weltweiten Publikum Selbstkritik üben und zeigen wird, dass sie sich für immer von ihrer falschen Weltanschauung losgesagt hat und von nun an aus tiefster Überzeugung für die universalen Werte unserer Gemeinschaft eintreten wird, die viele von Ihnen aus tiefer Verachtung noch immer mit Füßen treten. Ich hoffe für Sie alle, dass Sie sich ein Beispiel daran nehmen, dass eine von Ihnen diese letzte Chance auf Wiedereingliederung in unsere Gesellschaft genutzt hat, die sich Ihnen auch jetzt noch gemäß unseren humanistischen Idealen bietet, obwohl Sie alle voller Hass und Häme bis jetzt alle Hilfe zurückgewiesen haben, die Ihnen auch um Ihrer eigenen seelischen Gesundheit willen angeboten wurde. Ich muss nicht betonen, dass Sie nicht mehr viele dieser Gelegenheiten erhalten werden, bevor wir gezwungen sind, die Konsequenzen zu ziehen, die gegenüber den hartnäckigen Feinden unserer staatlichen Gemeinschaft unabdingbar notwendig sind. In diesem Sinn erwarte und hoffe ich, dass Ihnen die Bekenntnisse, die Sie jetzt hören werden, in den nächsten Tagen und Wochen zu denken geben werden.«

Nach diesen Worten setzte sich die Direktorin auf ihren Stuhl, während Annette aufstand und beinahe wie in Trance zum Mikrofon ging. Désirée bemerkte, dass sich die Kamera auf Annette richtete, bevor sie ihre Ansprache begann:

»Mein Name ist Annette Markwart. Ich bin 30 Jahre alt, verheiratet und habe zwei drei- und fünfjährige Kinder. Bevor ich straffällig wurde, habe ich in meinem Beruf als Orchestermusikerin gearbeitet, nachdem ich auf Kosten der Gesellschaft ein mehrjähriges Studium absolvieren durfte, ohne jedoch in narzisstischer Verblendung jemals auch nur einen Gedanken darauf zu verschwenden, dass ich allein dafür der Gemeinschaft für immer größten Dank schuldete. Stattdessen brachen sich in mir schon während meiner Jugend verbrecherische Neigungen Bahn, die ihre Wurzeln in einer zutiefst psychopathischen, asozialen Persönlichkeit hatten und sich in Form einer radikalen Ablehnung jedes geordneten menschlichen Zusammenlebens zeigten, die ich jedoch in völliger Verwirrung als Ausdruck berechtigter Kritik empfand. Ich war anmaßend, hasserfüllt, selbstsüchtig, psychotisch und kriminell. Aus diesem Grund habe ich auch die mir angebotene Hilfe in Form einer Therapie nicht angenommen, sondern heimlich weiter auf meinen gesellschaftsfeindlichen, verbrecherischen sogenannten Meinungen beharrt, nachdem ich voller Heuchelei und Verlogenheit den Eindruck erweckt hatte, dass ich bereit sei, mich zu ändern, und deshalb auf Bewährung entlassen worden war. Erst hier bin ich nach vielen Jahren endlich zu der Erkenntnis gelangt, dass mein Leben völlig verfehlt war und dass die Gemeinschaft jedes Recht gehabt hätte, mich für immer aus ihren Reihen auszuschließen. Trotzdem haben mir selbst hier noch die Vertreterinnen der Gesellschaft die Hand gereicht und mir die Möglichkeit gegeben, in ihre Mitte zurückzukehren. Es bedurfte erst dieser äußersten Mittel der staatlichen Gemeinschaft im Kampf gegen das Böse, um mich zur Einsicht in die Verwerflichkeit meiner Gedanken, Worte und Taten zu bewegen. In Zukunft werde ich deshalb alles tun, um die vielen Vergehen zu sühnen, die ich begangen habe, denn mir ist bewusst geworden, dass die Lehren, auf denen unsere Gemeinschaft beruht, allein von tiefer Humanität und von der unfehlbaren Erkenntnis der Wahrheit getragen sind.

Wir, das heißt alle treuen Anhänger unserer Überzeugungen, sind wie ein gewaltiger Strom, der alle Menschen guten Willens mitreißt und alle Widerstände hinwegfegt, die sich ihm entgegenstellen. Wir sind wie eine Welle, die dem Geist der Weltgeschichte seinen Weg bahnt, damit er sein vorgegebenes Ziel erreicht, die Errichtung einer wahrhaft brüderlichen, einträchtigen Gesellschaft ohne Besitz, Grenzen und Unterschiede, in der schließlich selbst der Staat überflüssig wird und abstirbt. Ich gelobe, dass ich von nun an nie mehr von dieser unumstößlichen Wahrheit abweichen und meinen bescheidenen Beitrag zur Verwirklichung dieses großen Ziels leisten werde, wo auch immer unsere ewige Gemeinschaft mich hinstellt.«

Daraufhin kehrte Annette zu ihrem Stuhl zurück und starrte wie während ihrer kurzen Rede über die Köpfe ihrer Mitgefangenen hinweg ins Leere, während die Direktorin aufstand und einen letzten Aufruf an die Gefangenen richtete:

»Folgen Sie Ihrem Beispiel!«

Anschließend wurden alle Frauen in ihre Zellen geführt. Nachdem sich die Tür hinter Désirée geschlossen hatte, wurde wieder ein Essenstablett hereingeschoben, und Désirée war zum ersten Mal in der Lage, ein wenig mehr zu sich zu nehmen, obwohl die Mahlzeit nur aus einigen Scheiben Brot mit einem süßen Aufstrich und einem kleinen Apfel bestand. Als Désirée das Essenstablett zur Tür zurückbrachte, erfüllte wieder eine bedrohliche Geräuschkulisse die Zelle, nachdem es in den ersten Minuten völlig still gewesen war. Dieses Mal war es eine Kombination aus schrillen, dissonanten Tönen und langsamen, tiefen Akkorden, deren Vibrationen Désirée in ihrem ganzen Körper spürte und die in ihr eine rasende Wut weckten, so dass sie schließlich schreiend aufsprang und mit bloßen Händen versuchte, die Gitter vor den Schallöffnungen aus der Wand zu reißen, ohne jedoch die massiven Gitterstäbe auch nur im Geringsten bewegen zu können. Stattdessen rissen die scharfen eisernen Kanten ihre Haut auf, bis ihre Hände über und über mit Blut bedeckt waren. Endlich ließ sie sich weinend auf ihr Bett fallen, während ihr blutbeschmierter Körper von den Deckenlampen hell angestrahlt wurde. Sie war todmüde und fand trotzdem keinen

Schlaf, weil das grelle Licht, die lauten Geräusche und die zunehmend durchdringende Kälte ihr erbarmungslos jede Ruhe versagten.

Wieder schien es Désirée, dass unendlich lange Zeit verging, in der sich tiefe Verzweiflung und Phasen dumpfer Benommenheit abwechselten, bevor zwei Aufseherinnen ihre Zellentür öffneten und sie in die Verhörzelle führten, wo sie gezwungen wurde, stehend und vor Kälte zitternd zu warten, bis sie nach Stunden ohnmächtig zu Boden fiel. Als sie das Bewusstsein wiedererlangte, saß sie, mit Handschellen an die Armlehnen gefesselt, auf dem Stuhl vor dem Schreibtisch. Nachdem sie zusammengekauert wiederum längere Zeit verbracht hatte, betraten schließlich die beiden Verhörbeamtinnen den Raum. Wie beim ersten Mal musste Désirée aufstehen, nachdem ihr die Handschellen abgenommen worden waren. Sie konnte sich vor Erschöpfung kaum auf den Beinen halten, während die Beamtinnen ihren Körper genau in Augenschein nahmen. Schließlich wurde sie aufgefordert, sich zu setzen, und das Verhör begann.

»Haben Sie Selbstkritik vorzubringen?«, fragte eine der Beamtinnen.

Als Désirée nicht antwortete, wiederholte die Beamtin ihre Frage mit lauterer Stimme, worauf Désirée stumm ihren gesenkten Kopf schüttelte.

Schließlich fuhr die zweite Beamtin fort: »Sie haben gehört, was die Direktorin gesagt hat ... Es ist Ihre letzte Chance, sich zu ändern. Wenn Sie es nicht tun, werden wir zum äußersten Mittel greifen und Sie für immer aus der Gemeinschaft ausschließen wie ein Krebsgeschwür, das entfernt wird, um den Körper vor einer tödlichen Gefahr zu retten. Nehmen Sie sich ein Beispiel an Ihrer ehemaligen Kameradin aus der Zeit des Therapieseminars, die nach Jahren in letzter Minute zur Besinnung gekommen ist. Sie hat in den Verhören übrigens zu Protokoll gegeben, dass sie Sie ebenso wie Ihre Gesinnungsgenossin Claudia zutiefst hasst, und hat aus Überzeugung umfassend gegen Sie beide ausgesagt, um zu verhindern, dass Sie weiterhin versuchen, die Gesellschaft von innen heraus zu zerstören. Auch Ihr ehemaliger Freund, der sich nach Ihrem Strafverfahren von Ihnen getrennt hat, verabscheut Sie aus ganzer Seele und hat Sie ebenfalls stark belastet. Aus diesen Aussagen und der Überwachung Ihrer gesamten Kommunikation wissen wir bis in intimste Einzelheiten hinein alles über Sie. Wir kennen Ihre verborgenen Gedanken, Ihre verwerflichen Gefühle und Ihre abstoßenden Wünsche. Das Material, das wir gegen Sie gesammelt haben, zeigt, dass Sie eine kriminelle, psychopathische, perverse Persönlichkeit sind, die keinen Platz mehr in unserer Mitte hat, wenn Sie nicht endlich lernen, Ihr jetziges Selbst zu hassen, und ein anderer Mensch werden. Wir wissen, dass Sie völlig allein sind, umgeben von Menschen, die Sie verachten, so wie Sie die Gesellschaft hassen und verachten... Ihre ehemalige Freundin Claudia, die Sie in der Vergangenheit noch in Ihren verbrecherischen Einstellungen bestärkt hat, ist übrigens vor wenigen Stunden den Weg gegangen, den auch Sie bald gehen werden, und hat die Reise in eine ferne Welt angetreten, aus der es kein Zurück mehr gibt. Überlegen Sie sich also, ob Sie ihr auf diesem Weg folgen wollen ...«

Während Désirée in Tränen ausbrach, gab die Verhörbeamtin den Aufseherinnen eine kurze Anweisung, und Désirée wurde in ihre Zelle zurückgebracht, wo sie erschöpft und verzweifelt zusammenbrach. Als sie wieder zu sich kam, lag sie, von den Deckenlampen beleuchtet, auf dem nackten Zellenboden. Es dauerte einige Minuten, bis sie in der Lage war aufzustehen und die wenigen Schritte zu ihrem Bett zu gehen. Kurz nachdem sie sich hingelegt hatte, erlosch in der Zelle das Licht, und es herrschte eine tiefe Dunkelheit, wie Désirée sie noch nie erlebt hatte, begleitet von einer völligen Stille, in der nicht auch nur der kleinste Laut zu hören war. Désirée schlief sofort ein und fand immerhin längere Zeit Ruhe, bevor sie wieder erwachte, ohne zu wissen, wie lange sie geschlafen hatte und wie viel Zeit seit dem letzten Verhör vergangen war. Während sie wach im Bett lag, empfand sie die vollkommene Finsternis und Stille mehr und mehr als bedrohlich. Sie hatte nicht nur längst jede zeitliche Orientierung verloren, sondern wusste auch zunehmend nicht mehr, wo oben und unten war und wo sie sich befand. Mal schien es ihr, dass sie auf einem Schiff inmitten eines endlosen Ozeans stand, mal glaubte sie, in einer winzigen Zelle zu liegen, die sich immer rascher drehte, bis rasender Schwindel ihr jede Besinnung raubte. Das Gefühl der Hilflosigkeit erfüllte sie mit einem ohnmächtigen Zorn, der sich noch steigerte, als wieder laute, schrille Geräusche den Raum erfüllten, die aus verschiedenen Richtungen zu kommen schienen und ihren Orientierungsverlust noch verstärkten. Désirée schrie vor Verzweiflung, auch wenn sie wusste, dass niemand jemals ihre Schreie hören würde. Schließlich schlug sie in irrsinniger Wut ihren Kopf immer wieder gegen die Wand und gegen die Bettkante, bis sie den Geschmack von Blut in ihrem Mund spürte und fühlte, dass sie sich mehrere Zähne ausgeschlagen hatte. Désirée weinte vor Schmerz, bis zunehmende Bewusstlosigkeit sie endlich von ihrer Qual erlöste.

Als nach langer Zeit das Licht eingeschaltet wurde, sah Désirée im grellen Schein der Deckenleuchten, dass ihr Körper und ihre Kleidung über und über mit geronnenem Blut bedeckt waren, das sie notdürftig abzuwaschen versuchte. Auf dem kurzen Weg zurück zu ihrem Bett bemerkte sie ein Essenstablett hinter der Tür. Sie hob es auf und aß trotz ihrer Schmerzen das mit Marmelade bestrichene Weißbrot und die zwei Kekse, die darauf lagen. Als sie sich wieder hingelegt hatte, spürte sie bald rasch zunehmende Bauchschmerzen und Übelkeit, gefolgt von heftigem Erbrechen und Durchfall, die mehrere Stunden andauerten. Nachdem Übelkeit, Durchfall und Bauchschmerzen endlich nachgelassen hatten, war ihre blaue Gefängniskleidung mit Exkrementen und Erbrochenem getränkt. Désirée war zu schwach, um sie zu reinigen, und schlief sofort ein, da wie durch ein gnädiges Schicksal das Licht ausgeschaltet worden war und wieder völlige Dunkelheit und Stille herrschten. Als sie aufwachte, empfand sie wieder das ihr bereits bekannte beängstigende Gefühl vollständiger Orientierungslosigkeit. Sie glaubte, sich in einem langen, hohen, sich drehenden Tunnel zu befinden, der nach unten führte und nie zu enden schien. Nach längerer Zeit tauchten plötzlich inmitten der Leere und Einsamkeit mehrere leuchtende Augenpaare auf, die sie unentwegt anstarrten und in ihr eine unsagbare Beklemmung weckten, bevor sie im Nichts verschwanden. Wie in Trance lief Désirée immer weiter in den nahezu völlig dunklen Tunnel hinein, bis sie schließlich in größerer Entfernung etwas zu erkennen glaubte, das aussah wie ein riesenhafter Mensch. Sie erschrak zutiefst, als sie bemerkte, dass es sich in der Tat um den gekrümmten Rücken einer Frau handelte, die sich langsam umdrehte und in deren Gesicht Désirée zu ihrem Entsetzen ihre eigenen Züge erkannte. Ihr kahlgeschorener Schädel war mit verkrustetem Blut besudelt, und als sie ihren Mund öffnete, sah Désirée, dass ihr fast alle Zähne fehlten. Während die grausige Erscheinung sich auf sie zubewegte, konnte Désirée sich nicht von der Stelle rühren, so sehr sie es auch versuchte. Sie schrie vor Verzweiflung, bis sie schließlich aus ihrem Traum erwachte und bemerkte, dass sie in ihrer Zelle lag, ohne sich jedoch von dem Gefühl befreien zu können, dass der Raum sich drehte und sich mehr und mehr nach unten neigte. So war sie beinahe froh, als das Licht eingeschaltet wurde und die Deckenlampen ihr helles, kaltes Licht auf ihren geschundenen, mit Schmutz und Blut bedeckten Körper warfen. Nach einiger Zeit strömte wieder eisige Luft auf sie herab und ließ sie immer weiter auskühlen, auch wenn sie alles tat, um sich aufzuwärmen. Je länger sie so auf ihrem Bett lag, desto mehr erfüllte sie ein Gefühl tiefer Resignation und die Hoffnung auf ein nahes Ende, bevor sie eine immer stärkere Benommenheit ihre schreckliche Lage für einige Zeit vergessen ließ.

Nach vielen Stunden öffnete sich schließlich die Zellentür. Dieses Mal wurde Désirée zuerst in einen gesonderten Raum gebracht, wo sie sich nackt ausziehen musste, bevor eine Ärztin sie genau untersuchte und ihre Ergebnisse und Eindrücke sorgfältig auf einem Blatt Papier festhielt. Während der Untersuchung sah Désirée ihr Bild in einem Spiegel, der ihr gegenüber aufgestellt war, und war von ihrem Anblick tief erschüttert. Ihre Wangen waren eingefallen, ihre Lippen voll von geronnenem Blut, und an ihrem ausgemergelten, verbrauchten Körper zeigten sich rote Geschwüre und beginnende Schwellungen, von denen sie wusste, dass sie ein Zeichen schwerer Mangelernährung waren. Ihr Spiegelbild war nicht mehr sie selbst, so wie sie sich in der Vergangenheit kannte, sondern nur noch ein grauenhafter Schatten, der ihr jede Hoffnung raubte.

Nach dem Ende der Untersuchung musste Désirée ihre verdreckte Kleidung wieder anziehen und wurde in die nebenan gelegene Verhörzelle geführt, wo sie zunächst stehend warten musste, bis sie beinahe das Bewusstsein verlor. Schließlich wurde ihr erlaubt sich zu setzen, doch eine der Aufseherinnen weckte sie sofort auf, wenn ihr die Augen zufielen, bis Désirée von einem minutenlangen Weinkrampf geschüttelt wurde. Als ihre Tränen endlich vor Erschöpfung versiegten, bemerkte sie bei einer jungen Aufseherin, die sie zuvor noch nie gesehen hatte, einen Ausdruck tiefen Mitleids. Nach kurzer Zeit sank ihr Kopf vornüber, und sie fiel in einen todesähnlichen Schlaf, aus dem sie erst erwachte, als die Verhörbeamtinnen den Raum betraten.

Nachdem die Beamtinnen Désirée wieder stehend im hellen Licht der Lampen gemustert hatten, studierten beide in allen Einzelheiten das Untersuchungsprotokoll, bevor eine von ihnen zustimmend nickte und Désirée in barschem Ton fragte:

»Haben Sie uns noch etwas zu sagen?«

Désirée schüttelte nur stumm den Kopf. Daraufhin fuhr die Beamtin fort:

»Dann wird jetzt geschehen, was unvermeidlich ist ... Ihr körperlicher Zustand zeigt, was Sie in Wahrheit sind: ein dreckiges, stinkendes Ungeziefer, ekelhaft und widerwärtig ... Ihr Tod wird eine Erlösung sein, für Sie selbst und vor allem für die Gesellschaft, zu der Sie nie gehören wollten.«

Nach diesen Worten erhoben sich die Beamtinnen, und Désirée wurde in ihre Zelle zurückgebracht. Als sie auf dem kurzen Weg vor Erschöpfung zusammenbrach, half ihr die junge Aufseherin aufzustehen und führte sie zu ihrem Bett. Bevor die Wärterin mit ihrer Kollegin die Zelle verließ, strich sie mit einer Hand über Désirées Kopf, auf dem inzwischen wieder Haarstoppeln gewachsen waren, und Désirée bemerkte, wie eine Träne über ihre rechte Wange lief.

Nachdem die Zellentür verschlossen worden war, legte sich Désirée auf ihr Bett und wartete auf das, was sich ereignen würde. Sie empfand in diesen Minuten zunächst weder Angst noch Hoffnungslosigkeit, sondern nur noch ein Gefühl tiefer Leere, das sie dem Kommenden beinahe mit Gelassenheit entgegensehen ließ. Nach einiger Zeit jedoch ertönte lauter als je zuvor eine bedrohliche Geräuschkulisse, und die Zelle war von einem rötlich-gelben Licht erfüllt, dessen heller Schein in immer kürzeren Abständen von scharfen Blitzen unterbrochen wurde. Gleichzeitig wurde es wärmer und wärmer, so dass Désirée in Schweiß gebadet war, bevor plötzlich wieder eiskalte Luft auf sie herabströmte. Wieder wurde sie von tiefer Verzweiflung überwältigt, doch selbst wenn sie die Augen schloss in der Hoffnung, der schrecklichen Wirklichkeit zu entrinnen, drangen die grellen Lichtblitze und die rasch wieder ansteigenden Temperaturen erbarmungslos in ihr Bewusstsein. Schließlich jedoch verfiel sie in einen Wachtraum, in dem sie sich in eine Salzwüste versetzt sah, die sie gemeinsam mit Claudia und Annette durchwanderte. Die Landschaft war flach, doch erkannten die drei Frauen in nicht allzu großer Entfernung die Silhouette eines Gebirges, auf das sie sich langsam zubewegten und das sie schließlich nach stundenlanger Wanderung erreichten. In den schroffen Kliffs und Abhängen zeichneten sich immer wieder Eingänge zu Höhlen ab, die Erlösung von der grausamen Mittagshitze und der gleißenden Helle der Wüste versprachen. Schließlich entschieden sich die drei, Schutz in einer Höhle zu suchen, die sie von der Talsohle aus kletternd erreichten, obwohl Désirée ihre Kameradinnen gewarnt hatte, weil sie ein nagendes Gefühl der Bedrohung nicht hatte abschütteln können. Désirée, Claudia und Annette liefen immer weiter in die Höhle hinein, bis sie durch einen engen Gang in einen saalähnlichen Raum gelangten, der durch ein Loch in der Decke schwach erleuchtet wurde. Désirées Beklemmung wuchs, zumal sie in der Ferne den Schatten eines Lebewesens zu sehen glaubte, dessen Konturen sie nicht genau erkennen konnte. Nach kurzer Zeit hörten Désirée und Claudia plötzlich ein Geräusch, während Annette unbeirrt einige Schritte weiterging. Als Claudia und Désirée sich umdrehten, erstarrten sie vor Entsetzen. Sie blickten auf die hoch aufgerichteten Hälse einer riesigen, vielköpfigen Schlange, deren offene Mäuler sich ihnen näherten. Zwei der Köpfe griffen Claudia und Annette und hoben ihre beiden zappelnden Opfer hoch in die Luft, ohne dass Désirée in der Lage gewesen wäre, ihren hilflosen Gefährtinnen beizustehen. Schließlich bewegte sich ein dritter Kopf langsam auf Désirée zu, bis sie schreiend aus ihrem Traum erwachte.

Désirée zitterte vor Angst und fürchtete nach wie vor, dass sich in der bedrohlichen Atmosphäre der Zelle in jedem Augenblick ein schreckliches Ungeheuer auf sie stürzen könnte. So dauerte es einige Minuten, bis sie sich wieder beruhigt hatte und zu klaren Gedanken fähig war. Schließlich jedoch fasste sie einen Entschluss, der schon seit einiger Zeit in ihr gereift war, und fühlte sich danach erstaunlich gelassen, als ob die Anspannung der letzten Tage und Wochen plötzlich von ihr gewichen wäre. Diese Ruhe ließ sie sogar mehrere Stunden Schlaf finden, obwohl die Temperatur in der Zelle immer weiter anstieg. Nachdem sie aufgewacht war, verging noch etwa eine Stunde, bis die Zellentür geöffnet wurde und zwei Beamtinnen den Raum betraten, die Désirée nicht kannte. Sie stand auf und bemerkte sofort, dass die Tür offen war, während beide Aufseherinnen nach ihren Handschellen griffen. Bevor sie Désirée fesseln konnten, stieß sie die beiden mit letzter Kraft zur Seite, lief zum Geländer auf der anderen Seite des Ganges vor der Zelle, kletterte hinauf und stürzte sich in den Abgrund, obwohl eine der Wärterinnen noch versuchte, sie zurückzuhalten, aber nur einen kleinen Zipfel ihrer Hose zu fassen bekam. Désirée jedoch spürte ein Gefühl der Freiheit, wie sie es noch nie zuvor empfunden hatte, während vor ihren Augen das Licht der aufgehenden Sonne erschien wie der Vorbote eines neuen Lebens ...

Wenig später saßen Steffi und Ulrike an einem Sonntagvormittag im Wohnzimmer ihres Hauses, nachdem Steffi am Tag zuvor mit Rachmaninoffs zweitem Klavierkonzert ihren ersten großen Erfolg in Amerika gefeiert hatte. Schließlich sagte Steffi zu Ulrike:

»Ich frage mich, wie es Claudia, Annette und Désirée geht.«

»Ich weiß, du hängst an ihnen, und ihr Schicksal lässt dich nicht los ... Vielleicht können wir im Internet etwas über sie herausfinden«, entgegnete Ulrike.

Nachdem sie ihr Smartphone eingeschaltet hatte, entdeckte Ulrike nach kurzer Zeit ein Video mit dem Titel »Vernichtende öffentliche Selbstkritik einer ehemaligen Gegnerin von Wahrheit und Moral«, das sich beide gemeinsam anschauten.

»Mein Gott ...«, sagte Steffi voller Entsetzen. »Ich hätte Annette kaum wiedererkannt. Sie ist nicht mehr dieselbe wie die junge Frau, die ich während des Therapieseminars kennengelernt habe. Es ist, als ob jemand ihre Persönlichkeit ausgetauscht hätte ... Dieser starre Blick und die merkwürdige Überzeugung, mit der sie ihre sogenannte Selbstkritik vorträgt ... Sie wirkt wie ferngesteuert, wie eine seelenlose Maschine.«

»Es scheint, dass sie im Gefängnis ist«, erwiderte Ulrike und zeigte auf die uniformierten Beamtinnen im Hintergrund.

»Ja, du hast recht ... Dieses Video ist schrecklich ... Ich weiß nicht, wie so vielen Leuten so etwas gefallen kann«, sagte Steffi, nachdem sie bemerkt hatten, dass Millionen von Menschen es aufgerufen und mit positiven Kommentaren versehen hatten.

»Das hätte selbst ich nicht erwartet...«, fuhr Steffi fort. »Ich mache mir Vorwürfe, weil ich Claudia, Annette und Désirée unsere Adresse gegeben habe.«

»Du brauchst keine Gewissensbisse zu haben ... Du hast nur versucht, ihnen zu helfen. All das zeigt doch letztlich nur, wie hilflos die Menschen gegenüber dieser Übermacht sind. Uns geht es nur deshalb besser, weil du zu den Privilegierten gehörst und weil einflussreiche Leute dich unterstützen. Ansonsten hätten wir es viel schwerer und stünden wahrscheinlich auch vor der Wahl, mitzumachen oder unterzugehen, denn auch hier sind die Verhältnisse mittlerweile nicht mehr viel besser als in Europa.«

»Das stimmt leider. Ich wüsste gerne, was aus Claudia und Désirée geworden ist. Es ist zu befürchten, dass auch Désirée jetzt im Gefängnis ist ... Und wer weiß, was mit Claudia geschehen ist, die immer entschlossen jede Selbstkritik abgelehnt hat?«, sagte Steffi tief betrübt.

»Wir wissen es nicht ...«, antwortete Ulrike und umarmte Steffi fest, um ihr ein wenig Trost zu spenden.

Einige Tage darauf traf Steffi den Direktor der Musikhochschule, an der sie arbeitete.

»Ich möchte Ihnen nochmals zu Ihrem ersten Konzert gratulieren«, sagte er.

»Danke«, erwiderte Steffi.

»Wir sind froh, dass wir Sie als Dozentin gewinnen konnten ... Nicht nur kommt Ihr Repertoire den Erwartungen des amerikanischen Publikums entgegen, sondern Sie sind auch in der Lage, unseren Studentinnen und Studenten die stärker intellektuell geprägte europäische Tradition nahezubringen.«

»Glücklicherweise war es Ihnen möglich, mir zu helfen. Ohne Ihre Unterstützung wäre ich jetzt wahrscheinlich im Gefängnis.«

»Ja, leider ... Wir konnten auch deshalb einiges für Sie tun, weil meine Frau als hochrangige Beamtin im Außenministerium nicht nur bestens informiert ist, sondern auch über einen gewissen Einfluss verfügt. Ohne diesen glücklichen Zufall wäre es wahrscheinlich undenkbar gewesen, Ihre Freilassung zu erwirken, zumal sich mittlerweile auch hier radikale Strömungen immer stärker durchsetzen.«

Steffi nickte und antwortete: »Die sechs Wochen des Therapieseminars waren eine sehr schwere Zeit für mich.«

»Ja ...«, sagte der Direktor und senkte den Kopf. »Wir wissen, wie diese sogenannten Therapien ablaufen, die inzwischen auch hier üblich werden ... Und uns ist auch klar, wie es in den Gefängnissen aussieht.«

»Noch weit schlimmer ...«

»Ja. Sie wissen natürlich aus dem Internet und vom Hörensagen, was sich dort abspielt ... Von den Insassen wird verlangt, sich vor einem Millionenpublikum im Internet als Verbrecher und Psychopathen darzustellen ... Diese Rituale sind ja längst zum Publikumsmagneten geworden und ziehen unter allen Videos die meisten Zuschauer an. Die grausamsten unter ihnen werden sogar manchmal von mehr als einer Milliarde Zuschauern aufgerufen ... Diejenigen, die hartnäckig öffentliche Selbstkritik dieser Art ablehnen, bleiben auf unbestimmte Zeit im Gefängnis, und manche verlassen es lebendig überhaupt nicht mehr ... Zwar wird niemand offen hingerichtet, aber die nicht kooperationsbereiten Gefangenen werden ständiger körperlicher und seelischer Zermürbung ausgesetzt, die kein Mensch lange aushält. Gegenüber den Angehörigen werden dann unverfängliche Gründe als Todesursache angegeben, wie etwa Kreislaufversagen, Infektionskrankheiten oder Unfälle ... Es wird nicht weiter darüber gesprochen, aber gleichzeitig wissen doch alle, was geschieht. Das wirkt abschreckend.«

»Es ist kaum möglich, etwas dagegen zu tun.«

»Ja ... Es wird immer schwerer, selbst in wenigen Einzelfällen zu helfen.«

»Ich frage mich ständig, was aus meinen ehemaligen Leidensgenossinnen Claudia und Désirée geworden ist. Wissen Sie etwas über sie?«

»Mir war klar, dass Sie eines Tages diese Frage stellen würden ... Eine Ihrer Kameradinnen hat ja mittlerweile öffentliche Selbstkritik geübt. Die anderen beiden ...«, sagte der Direktor und schüttelte den Kopf, während er den Blick senkte.

»Ich verstehe ...«, entgegnete Steffi und kämpfte für einen Augenblick mit den Tränen.

»Es tut mir aufrichtig leid«, sagte der Direktor.

»Sie haben getan, was Sie konnten ... Jetzt weiß ich wenigstens, was ich schon vermutet hatte.«

»Auf jeden Fall sind Sie und Ihre Partnerin wenigstens für den Augenblick in Sicherheit, und wir werden auch weiterhin alles tun, um Sie zu unterstützen, wenn Sie unsere Hilfe brauchen sollten.«

»Vielen Dank«, antwortete Steffi, bevor sie sich wenig später von dem Direktor verabschiedete.

Am Abend des nächsten Tages trafen sich Steffi und Ulrike mit ihren Freundinnen Sarah und Sylvia zu einem längeren Spaziergang an der Küste New Jerseys. Es war ein warmer, gewittriger Sommerabend, an dem der Wind immer stärker auffrischte und ein nächtliches Unwetter ankündigte. Sarah und Sylvia waren an jenem Wochenende nach New Jersey gekommen, um zwei Tage mit Steffi und Ulrike zu verbringen, die sie aus ihrer Zeit in Frankfurt kannten. Sylvia war Lehrerin in einer Kleinstadt im Westen von Massachusetts, während Sarah sich als emeritierte Physikprofessorin in Maryland ihren Forschungen im Bereich der Raumfahrt und Astronomie widmete. Steffi war noch immer tief betrübt, seit sie am Vortag von Claudias und Désirées Schicksal erfahren hatte.

»Obwohl ich es geahnt hatte, war die Nachricht ein schwerer Schlag für mich ... Ich fühle mich beinahe schuldig, weil ich überlebt habe, während Claudia und Désirée den höchsten Preis für ihre Standhaftigkeit gezahlt haben«, sagte Steffi.

»Leider hättest du ihren Tod nicht verhindern können«, antwortete Sarah und fuhr fort: »Vielleicht hat es ja auch einen tieferen Sinn, dass du ihr Schicksal nicht teilen musstest. Auf diese Weise kannst du die Erinnerung an sie und an die Freiheit, für die sie ihr Leben verloren haben, wachhalten.«

»Das stimmt. Es ist ein tröstlicher Gedanke, und ich werde in diesem Sinn tun, was ich kann, auch wenn die Verhältnisse immer schwieriger werden ... Mittlerweile fühle ich mich fast wie eine Fremde in dieser neuen Welt.«

»Mir geht es genauso ... Manchmal ist das Leben wie der Aufenthalt auf einem fremden Planeten. Aber immerhin sind wir niemals ganz allein ...«, erwiderte Sarah, während der Wind immer höhere Wellen gegen die Strandpromenade trieb ...

Als Steffi erwachte, schien die Mittagssonne hell in ihr Schlafzimmer, und als sie auf die Uhr sah, bemerkte sie, dass es schon halb zwölf war. Im selben Augenblick öffnete Ulrike leise die Tür.

»Ich habe lange geschlafen, eigentlich ganz gegen meine Gewohnheit«, sagte Steffi.

»Das stimmt, aber der gestrige Tag war lang und nervenaufreibend, und wir haben in den Nächten zuvor nur wenig Schlaf gefunden«, entgegnete Ulrike.

»Richtig ... Hast du gut geschlafen?«

»Eher nicht. Mit der Klimaanlage stimmt etwas nicht. Sie macht immer wieder laute, schrille Geräusche, und gestern Abend hat sie zuerst stark geheizt und dann in der Nacht ständig gekühlt, bis es eiskalt war. Ich bin mehrmals aufgestanden und habe versucht, die Temperatur einzustellen, aber leider ohne Erfolg. Heute Morgen habe ich sie dann ausgeschaltet. Seitdem heizt die Sonne das Haus immer stärker auf ... Wir müssen den Vermieter benachrichtigen ... Du hast erstaunlicherweise trotzdem fest geschlafen, auch wenn du manchmal etwas unruhig warst.«

»Ja ... Leider hatte ich Albträume«, sagte Steffi und erzählte Ulrike von ihren nächtlichen Erlebnissen.

»Nach dem, was du in den letzten Wochen durchgemacht hast, sind solche Träume natürlich kein Wunder.«

»Ich hoffe, dass es wirklich nur ein böser Traum war«, sagte Steffi.

»Ganz bestimmt«, erwiderte Ulrike und umarmte Steffi, um sie zu trösten.

SAVONAROLA

Die Schatten der Vollmondnacht verwandelten sich in vielgestaltige Ungeheuer, in Schlangen, dämonische Riesen und alles verschlingende mehrköpfige Fabelwesen. Wie von einer geheimnisvollen Macht getrieben, lief Rebecca durch den Wald, einem rettenden Ausgang entgegen, den sie nicht mehr zu erreichen glaubte. Während sie immer weiter wanderte, hörte sie hoch über sich im Rauschen des Windes die Geräusche von Pferden und die Schreie von Menschen, den Lärm einer kriegerischen Jagdgesellschaft auf einer rastlosen, niemals endenden Reise. Als sie sich angsterfüllt umwandte, blickte sie in unzählige leuchtende Augen, die Gesichter eines Heeres aus den Tiefen der Finsternis. Rebecca beschleunigte ihre Schritte, doch schien es ihr, dass sie sich nicht von der Stelle bewegte, so schnell sie auch zu laufen versuchte, während die Geister und Ungeheuer der Nacht ihr den Atem und jede Hoffnung raubten.

Als sie die Augen aufschlug, war sie beinahe geblendet vom Licht des Vollmonds, das durch das halb geöffnete Fenster drang. Sie fragte sich kurz, welches Erlebnis sie zu diesem Albtraum angeregt haben könnte, bevor sie bis zum nächsten Morgen weiterschlief. Nachdem sie aufgestanden war, traf sie ihren Freund Christian in der Küche. Während beide ihr Frühstück zubereiteten, erzählte sie ihm von ihrem nächtlichen Traum und sagte zum Schluss: »Manchmal frage ich mich, woher wir die Ideen für all die verrückten Träume nehmen.« »Sie sind eine kreative Bearbeitung unserer oft unbewussten Gedanken, Erinnerungen und Befürchtungen, und manchmal sind die Ängste, die sich in ihnen widerspiegeln, leider nicht ganz so unvernünftig, wie es scheint«, antwortete Christian. »Das stimmt. Bei mir drücken sich in ihnen auch meine Jugenderlebnisse und der Konflikt mit meiner Mutter aus.« »Mir geht es ähnlich. Außerdem sind manche dieser Träume sicher auch von den phantastischen Erzählungen inspiriert, die wir manchmal lesen«, erwiderte Christian und umarmte Rebecca. Schließlich gingen beide ins Bad, wo Rebecca ihre langen, dunkelbraunen lockigen Haare kämmte, während Christian sich rasierte. Christian hatte kurze braune

Haare und blaue Augen und war ein wenig größer als Rebecca, die mit ihrem zierlichen Körperbau ihren Eltern sehr ähnlich war, die als Nachfahren ukrainischer Auswanderer einige Jahre vor Rebeccas Geburt von Amerika nach Deutschland gekommen waren, wo ihr Vater Mathematikprofessor an der Universität in Frankfurt gewesen war. Obwohl Rebecca die naturwissenschaftlichen Interessen ihres Vaters teilte, hatte sie seit ihrer Kindheit eine Leidenschaft für Musik entwickelt und beschlossen, Pianistin zu werden. Rebecca und Christian hatten sich vor drei Jahren kurz vor dem Abitur in der Schule kennengelernt und lebten seit einem Jahr zusammen in einer Wohnung im Westen Frankfurts, wo Rebecca Musik studierte, während Christian sich gegen den Wunsch seiner Eltern für die Fächer Anglistik und Geschichte entschieden hatte.

Nachdem Christian zur Universität gefahren war, spielte Rebecca zwei Stunden Klavier. Dabei wurden in ihren Tagträumen und Erinnerungen Erlebnisse der letzten Monate und Jahre wach: ihre Pilotenprüfung vor etwas mehr als einem Jahr, ihre ersten Flüge in der Umgebung Frankfurts, aber auch die Scheidung ihrer Eltern, die etwa vier Jahre zurücklag, und die heftigen Auseinandersetzungen mit ihrer Mutter in dieser Zeit, die nach Rebeccas Meinung auch damit zu tun hatten, dass sie ihrem Vater körperlich und seelisch sehr ähnlich war.

Als sie mit dem Üben fertig war, schaltete sie ihren Computer ein und las die Nachrichten des Tages, unter denen eine Meldung über eine Organisation namens »Savonarola« ihre besondere Aufmerksamkeit weckte. Rebecca wusste, dass es seit einigen Wochen an der Universität und an der Musikhochschule einen Ableger dieser Gruppe gab, die weltweit aktiv war und deren Name ihr Programm enthielt: Save our natural resources, live alternatively. In dem Artikel hieß es, dass die Gruppe neue Forderungen veröffentlicht habe, in denen sie eine radikale Abkehr von der westlichen Lebensweise verlange, was unter anderem ein Verbot nahezu aller Reisen sowie die beinahe vollständige Abschaffung von Autos und Flugzeugen und ein Ende fast der gesamten industriellen Produktion bedeute, da ansonsten ein baldiger Untergang der Welt und allen Lebens drohe.

Nachdem Rebecca die Lektüre des Artikels beendet hatte, bereitete sie sich ein kleines Mittagessen zu und fuhr anschließend zur Musikhochschule, wo sie den ganzen Nachmittag verbrachte. Als sie am Abend nach Hause zurückkehrte, wartete Christian bereits auf sie. Während des Essens sprachen sie über ihren Tag an der Universität und am Konservatorium, und Rebecca erwähnte auch den Zeitungsartikel, den sie am Vormittag gelesen hatte.

»Die Radikalität dieser Organisation gefällt mir nicht ... Die Verwirklichung solcher Ideologien endet fast immer in Gewalt, Unterdrückung und einer Katastrophe«, sagte Rebecca.

»Das stimmt leider«, antwortete Christian. »Der Anspruch der Gruppe, im Besitz der alleinigen Wahrheit zu sein, wird schon in ihrem Namen deutlich.«

»Er stammt, glaube ich, von einem mittelalterlichen Prediger.«

»Richtig. Girolamo Savonarola war ein Mönch, der die Menschen in Florenz am Ende des 15. Jahrhunderts zu radikaler Umkehr aufgerufen und mit seinen Predigten, in denen er schlimmes Unheil, ja sogar das Ende der Welt ankündigte, viele tief bewegt hat, so dass er schließlich vier Jahre lang Florenz praktisch beherrscht hat, obwohl er nie ein offizielles Amt bekleidete.«

»Du kennst dich gut aus.«

»Ich habe als Schüler mal ein Buch über ihn gelesen ... Er hat den Leuten unter anderem damit gedroht, dass sie innerhalb kurzer Zeit die Rache Gottes treffen würde, wenn sie ihm nicht folgten. Nicht zuletzt Jugendliche fühlten sich von ihm angezogen und haben sich in Banden zusammengeschlossen, die in seinem Namen Almosen verlangt und den Leuten sogenannte Luxusgegenstände abgenommen haben. Wer ihnen nicht gegeben hat, was sie wollten, wurde zusammengeschlagen. Ein Höhepunkt von Savonarolas Herrschaft war die ›Verbrennung der Eitelkeiten‹, bei der alles, was irgendwie an vermeintlichen Überfluss erinnerte, auf einem Scheiterhaufen verbrannt wurde. Außerdem mussten die Menschen damit rechnen, denunziert und bestraft oder öffentlich bloßgestellt zu werden. Glücklicherweise hat das Ganze nicht allzu lange gedauert, denn Savonarola hat es auch auf einen Konflikt mit dem Papst ankommen lassen, den er als moralisch verkommen bezeichnete, womit er damals durchaus recht hatte. Das wurde ihm zum Verhängnis, und er wurde hingerichtet. Viele in Florenz haben damals aufgeatmet ... Savonarola ist bis heute eine umstrittene Figur, und es gibt auch jetzt noch einige, die in ihm einen Heiligen sehen und ihn seligsprechen wollen. Ich bin da allerdings ziemlich skeptisch.«

»Ich auch«, entgegnete Rebecca. »Leider gibt es einige Parallelen zu dem, was wir heute erleben.«

»Das stimmt. Wir sind ohnehin ständiger Propaganda im Namen der ›Einen Welt der Gerechtigkeit‹ ausgesetzt, und wer sich offen widersetzt, muss mit Gerichtsverfahren, sogenannten Therapieseminaren oder gar mit Gefängnisstrafen rechnen. Und jetzt kommt noch ›Savonarola‹ dazu ... Diese sogenannte Bewegung könnte ein neuer Schritt hin zu noch mehr totaler Kontrolle sein, denn die Organisation fordert, dass es nicht mehr genügen soll, nicht gegen sie zu sein. Stattdessen wird verlangt, dass alle sich aktiv beteiligen müssen. Wer es nicht tut, wird schnell die Folgen zu spüren bekommen. Außerdem wird mehr noch als bisher schon zur Denunziation aufgerufen, und die Leute werden aufgefordert, andere unter noch größeren sozialen Druck zu setzen, auch die eigene Familie, Lebenspartner und enge Freunde.«

»Ja, leider. Wir sind ja inzwischen einiges gewohnt. Gut, dass wir uns wenigstens einig sind und wegen dieser ganzen Ideologie keinen ständigen Streit haben, so wie es inzwischen bei vielen gang und gäbe ist.«

»Das stimmt«, entgegnete Christian, und die beiden umarmten sich. Dann fuhr Rebecca fort:

»Heute habe ich gehört, dass Steffi Weber, eine unserer Professorinnen, vor einer Woche zur Teilnahme an einem Therapieseminar verurteilt worden ist, weil sie vor einiger Zeit eine Auseinandersetzung mit einer Studentin hatte, bei der es um eine angeblich zu schlechte Prüfungsnote ging. Daraufhin hat die Studentin ihr Diskriminierung und Rassismus vorgeworfen und sie angezeigt. Ich hoffe, dass für sie alles gut ausgeht. Sie hat offenbar schon seit einiger Zeit erhebliche Schwierigkeiten und wurde einmal sogar überfallen und körperlich angegriffen.«

»Es gibt leider immer mehr solche Fälle, auch bei uns an der Uni, wo man ohnehin Studium und Indoktrination manchmal nur noch schwer auseinanderhalten kann. Immerhin versuchen noch einige Professoren, sich dieser Entwicklung entgegenzustellen, aber sie haben es sehr schwer. Es gibt auch gar nicht so wenige Studenten, die zu alldem auf Distanz zu bleiben versuchen, so wie wir es auch tun. Aber leider wird selbst das immer schwieriger, weil in Zukunft immer mehr aktive Mitarbeit erwartet werden wird und es nicht mehr ausreichen dürfte, keine oppositionelle Meinung zu zeigen. Verständlicherweise möchte kaum jemand riskieren, in die Mühlen der Repression zu geraten, und deshalb werden die meisten sich zumindest nach außen hin anpassen.«

Rebecca nickte und antwortete: »Hinzu kommt, dass die Ideologie immer radikaler wird. Gestern habe ich gelesen, dass jetzt sogar gefordert wird, die Notenschrift abzuschaffen, weil sie angeblich rassistisch ist. Auch klassische Musik wird immer öfter als pseudoelitär und rassistisch bezeichnet und ist inzwischen bei vielen beinahe in Verruf geraten.«

»Es wird immer absurder ... Wir werden tun, was wir können, um uns von dem Ganzen zumindest fernzuhalten und Gleichgesinnten zu helfen, wo es möglich ist.«

»Richtig. Ich habe Frau Weber vor der Gerichtsverhandlung gesagt, dass ich mit ihr und ihrer Partnerin in Kontakt bleiben würde.«

»Ich glaube, das solltest du tun«, erwiderte Christian.

Einige Zeit später, an einem Samstag im Frühling, brachen Rebecca und Christian zu einem längeren Rundflug auf. Nach dem Start auf einem Flugplatz bei Frankfurt flog Rebecca eine Rechtskurve, und sie sahen vor sich die Innenstadt und dahinter die Hügel des Taunus.

»Der Anblick der Stadt und der Berge ist immer wieder faszinierend«, sagte Christian.

»Das stimmt. Von oben wirkt unser Alltag so fern ...«, antwortete Rebecca.

»Richtig ... Manchmal fühlen wir uns allerdings auch auf dem Boden wie in einer fremden Welt.«

»Ja ... Oft ist sogar unsere Seele ein unerforschtes Land, das wir nicht genau kennen, genauso wie die Menschen um uns herum ... Es ist wie ein Meer, von dem wir nur die Oberfläche sehen, ohne zu wissen, was sich in seinen Tiefen verbirgt.«

In den nächsten zwei Stunden führte sie ihr Weg über den Rhein, den Hunsrück, den Taunus und den Spessart. Als sie gegen Ende ihres Fluges den Nordspessart überquerten, sagte Christian:

»Dieses Gebiet da unten kenne ich gar nicht so genau, obwohl ich aus dieser Region stamme ... Die Landschaft ist sehr schön und idyllisch, aber manchmal frage ich mich, so merkwürdig es klingt, welche Geheimnisse sich in ihr verbergen.«

»Dieser Gedanke liegt keineswegs so fern ... Die ganze Welt um uns herum ist voller Mysterien und Abgründe.«

»Ja ... Vielleicht sollten wir uns die Gegend bei einem Tagesausflug einmal näher anschauen.«

»Das ist eine gute Idee«, entgegnete Rebecca, bevor sie nach Frankfurt zurückkehrten.

Als sie zu Hause ankamen, lasen sie im Internet, dass »Savonarola« ab der nächsten Woche Veranstaltungen an allen Hochschulen und in vielen Innenstädten plane und dass es das Ziel der Bewegung sei, alle Menschen und vor allem alle Jugendlichen ohne Ausnahme für ihre Ziele zu begeistern. Außerdem wurde hervorgehoben, dass die Medien sowie der Ausschuss für weltweite Wohlfahrt und Gerechtigkeit als demokratische Regierung sie dabei nach Kräften unterstützten.

»Es scheint, dass sich für uns in Zukunft vieles verändern wird«, sagte Christian.

»Das fürchte ich auch«, erwiderte Rebecca.

Während Rebecca am darauffolgenden Montag mit der Straßenbahn zur Musikhochschule fuhr, bemerkte sie Hunderte von Menschen, die offenkundig auf dem Weg zu einer Demonstration waren und von denen viele rote Fahnen mit dem grünen Schriftzug »Savonarola« trugen. An den Eingängen des Konservatoriums standen je vier junge Männer und Frauen, die Flugblätter verteilten, in denen zur Teilnahme an einer Vollversammlung am übernächsten Tag aufgerufen wurde. Der Text des Flugblatts endete mit dem Satz: »Die Anwesenheit bei dieser Veranstaltung ist eine selbstverständliche moralische Pflicht für alle.« Rebecca wusste, dass es längst kaum mehr möglich war, sich solchen Aufforderungen zu widersetzen, und dass deshalb auch sie kaum eine andere Wahl haben würde, als die Versammlung zu besuchen.

Als Rebecca am Mittwochvormittag das Konservatorium erreichte, waren im größten Vorlesungssaal bereits alle Plätze besetzt, so dass sie nur noch einen Stehplatz gegenüber dem Podium fand, auf dem drei etwa 25-jährige Studentinnen saßen.

Zu Beginn der Versammlung stand eine von ihnen auf, ging zum Rednerpult und wandte sich mit strenger, entschlossener Miene an die Anwesenden:

»Studentinnen und Studenten! Wir haben euch aufgefordert, alle hier zusammenzukommen, weil die Lage ernst ist. Wir haben nicht mehr viel Zeit, denn durch unsere Schuld steht das Ende kurz bevor. Seit Jahrzehnten und Jahrhunderten haben die Vorfahren eines jeden Einzelnen von euch und habt schließlich auch ihr selbst die Erde ausgeplündert und der Vernichtung preisgegeben, bis euch und uns jetzt die verdiente Strafe ereilt. Wollen wir ihr entgehen und den Untergang der Menschheit und aller Lebens doch noch abwenden, müssen wir, müsst ihr alle euch in tiefer Demut der Macht der Wahrheit unterwerfen und Buße für die Erbschuld unserer Zivilisation tun, die tief im Denken und in den Genen der Menschen im Westen verankert ist. Diese Bestrafung wird und muss sehr schmerzhaft sein, denn nur wenn alle Angehörigen unserer sogenannten Kultur bis ans Ende ihrer Tage an sich arbeiten, werden sie Sühne leisten können für all unsere Verbrechen an der Erde und der Menschheit. Notwendig ist jetzt eine radikale Umkehr, eine Umerziehung aller, wie wir sie uns vollständiger und tiefgreifender kaum vorstellen können. Wir müssen neue Menschen werden, das genaue Gegenteil dessen, was wir jetzt noch sind. Um dieses Ziel zu erreichen, darf es kein falsches Verständnis und kein ungerechtfertigtes Mitleid für die Gegner dieses Wandels geben. Wir müssen uns ein Beispiel nehmen an denjenigen, die nichts besitzen, so wie wir in Zukunft nichts besitzen werden, und an denen, die unermessliche Reichtümer ihr Eigen nannten, bevor sie sich entschlossen haben, aus tiefer Nächstenliebe und Selbstlosigkeit ihren gesamten Besitz an die Gesellschaft zurückzugeben und sich der Rettung der Erde und dem Wohl der Menschheit zu widmen. Wie sie müssen wir Missionare werden für die Wahrheit und gegen das Böse in uns und allen Angehörigen unserer Zivilisation. Es genügt nicht, dass wir und die Menschen um uns herum der Wahrheit nicht widersprechen. Jeder Einzelne muss sich täglich und aus ganzem Herzen zu ihr bekennen und andere dazu anhalten. Wir müssen lernen, auf alles zu verzichten, was uns bisher in unserer Verblendung so wichtig schien: Geld, Besitz, persönliche Freiheit, unser sogenanntes Privatleben und vieles mehr. Um dieses große Projekt der Schaffung eines neuen Menschen in Angriff zu nehmen, fordern wir für den Anfang den verpflichtenden Besuch von Seminaren, in denen wir uns gegenseitig erziehen und zu einem anderen Leben ermahnen, um das ererbte und erworbene Böse, das tief in uns wurzelt, für immer auszurotten. Von teuflischen Zerstörern und Verbrechern müssen wir zu leuchtenden Vorbildern für alle Menschen werden und unsere neue, wahre zukünftige Zivilisation in der ganzen Welt verbreiten. Ich frage euch jetzt: Wer ist bereit, diese unsere Ziele zu unterstützen und seinen Beitrag für die Zukunft der Welt zu leisten?«

Darauf hoben, außer Rebecca und einigen weiteren Studenten, alle die Hand und klatschten minutenlang, bis die Rednerin fortfuhr:

»Worauf es jetzt ankommt, ist Einigkeit und Geschlossenheit. Wir dürfen in dieser Überlebensfrage der Menschheit keine Spaltung zulassen. Überall, hier an der Hochschule, im Alltag, unter Freunden und in der Familie müssen wir deutlich machen, dass Spalter und Neinsager, das Gift im Körper der Gesellschaft, keinen Platz mehr unter uns haben. Wir alle haben die unbedingte Pflicht, diejenigen, die sich der Einsicht in die Wahrheit verweigern, für immer aus der Gemeinschaft auszuscheiden, damit sich die Keime ihrer verbrecherischen Ideen nicht weiterverbreiten. Nicht zuletzt aber müssen wir unerbittlich sein gegenüber uns selbst und uns ständig fragen, ob wir genug tun, um neue Menschen zu werden, um uns von verderblichem Besitz zu trennen und mit Feuer und Flamme all die falschen Gedanken der Vergangenheit in uns auszurotten, denn nur dann können wir Missionare sein und andere davon überzeugen, uns auf diesem Weg zu folgen.

Als erste konkrete Maßnahme schlage ich vor, dass wir uns in Gruppen zu wöchentlichen Seminaren treffen, in denen wir das Projekt der gegenseitigen Erziehung in Angriff nehmen und weitere Maßnahmen besprechen. Seid ihr damit einverstanden?«

»Ja!«, riefen einige, und nahezu alle anderen stimmten ihnen zu.

Anschließend teilte die Versammlungsleiterin alle Anwesenden alphabetisch in Gruppen ein und schlug jeweils eine Person vor, die die Leitung der jeweiligen Seminargruppe übernehmen sollte.

Danach griff sie zu einer Gitarre und stimmte ein Lied an: »Zieht mit uns, der neuen Zeit entgegen, hin zur Welt der Liebe und des Lichts. Tief in uns verborgen, lauert noch das Böse, doch den Sieg erringt es nicht. Hell erstrahlt die Sonne unsrer Zukunft, hell wie unsre neue Welt des Lichts.« Nachdem sie das Lied einmal vorgetragen hatte, begannen die anderen mitzusingen, und bald erfüllte der laute Gesang Hunderter junger Frauen und Männer den Saal.

Nachdem Rebecca am Abend nach Hause zurückgekehrt war, erzählte sie Christian von der Versammlung. Anschließend berichtete ihr Christian von einer Zusammenkunft an der Universität, die ganz ähnlich abgelaufen war.

»Mir wird all das immer unheimlicher«, sagte Christian zum Schluss. »Es ist, als ob etwas Fremdes, Übermächtiges von uns Besitz ergreifen würde.«

»Ich habe dasselbe Gefühl«, antwortete Rebecca und umarmte Christian, bevor sie fortfuhr: »Ich glaube, ich spiele noch etwas Klavier ... Das beruhigt mich immer.«

Daraufhin ging sie ins Nebenzimmer und spielte die Ballade in F-Dur von Frédéric Chopin, die mit ihrer Mischung aus melancholischer Idylle und wilden Fortissimo-Passagen das zum Ausdruck brachte, was sie fühlte.

Als sie fertig war, sagte Christian: »Das Stück passt sehr gut zu unseren heutigen Erlebnissen.«

»Das stimmt«, erwiderte Rebecca und fuhr schließlich nach einem Augenblick des Nachdenkens fort: »Vielleicht sollten wir am Wochenende einen Tagesausflug machen. Das brächte uns zumindest für ein paar Stunden auf andere Gedanken.«

»Das ist eine gute Idee ... Wie wär's mit der Gegend im Nord-spessart, die wir neulich vom Flugzeug aus gesehen haben?«

»Das klingt nicht schlecht«, entgegnete Rebecca, und beide holten eine Karte, um sich die Route genauer anzusehen.

Drei Tage später, an einem Samstag, fuhren sie mit Christians Auto in das Waldgebiet bei Steinau an der Straße, das sie sich ausgesucht hatten, und wanderten an dem sonnigen, warmen Frühlingstag durch die Wälder, in denen sich die ersten zarten Blätter an den Bäumen zeigten, und durch ein beinahe unbe-rührtes Tal, wo sich zwischen sanften Hügeln ein kleiner Bach durch hellgrüne Wiesen schlängelte.

»Außer ein paar Mountainbikern begegnet uns hier kein Mensch. Offenbar kennt kaum jemand diese Gegend, obwohl die Landschaft hier so schön ist«, sagte Rebecca.

»Das stimmt. Es ist ziemlich einsam hier ... Frankfurt wirkt von hier aus wie eine andere Welt.«

Nach einer Weile fuhr Rebecca fort:

»Obwohl die Landschaft so ruhig und malerisch ist, erinnert sie mich irgendwie an den Traum, den ich vor ein paar Wochen hatte und von dem ich dir erzählt habe ... Ich weiß, es klingt al-bern, aber in manchen Augenblicken habe ich das Gefühl, dass sich hinter der Idylle eine bedrohliche Seite verbirgt.«

»Nein, dieses Gefühl ist keineswegs albern ... Ich kenne es auch. Vielleicht hängt es mit unseren Jugenderlebnissen zu-sammen«, antwortete Christian. »Außerdem zieht die Einsam-keit immer wieder auch finstere Gestalten an und hat seit jeher auch die düstere Seite der Phantasie geweckt, Albträume von Geistern, Irrlichtern und unheimlichen Begegnungen.«

»Ja ... Aber immerhin sind wir zu zweit und brauchen das Dunkle in unserer Seele nicht zu fürchten«, sagte Rebecca.

»Da hast du recht«, erwiderte Christian, und die beiden um-armten sich.

Nachdem sie danach noch mehrere Stunden lang die hellen, sonnigen Wälder durchstreift hatten, kehrten sie schließlich zu ihrem Auto zurück, das sie bei einem kleinen Weiher abgestellt hatten, und fuhren anschließend nach Hause.

»Es war ein sehr schöner Ausflug«, sagte Rebecca am Abend. »Auf diese Weise konnten wir die bedrückende Atmosphäre an der Uni und an der Musikhochschule wenigstens für einen Tag hinter uns lassen.«

»Stimmt. Auch mir hat unsere kleine Wanderung gutgetan, und ich fühle mich jetzt wesentlich ruhiger und gelassener.«

»Ich glaube, wir können es gebrauchen. Wer weiß, was uns bevorsteht?«

Am folgenden Mittwochnachmittag fuhr Rebecca zur Musikhochschule, wo um drei Uhr das erste Savonarola-Seminar beginnen sollte. Als sie eintraf, waren schon die meisten Mitglieder ihrer Gruppe anwesend, darunter auch Barbara, die Seminarleiterin, die Rebecca ein wenig näher kannte und die als erstes Instrument Violine spielte. Nachdem fast alle versammelt waren, eröffnete Barbara, eine eher große junge Frau mit blonden Haaren, die Sitzung und überprüfte zunächst die Teilnehmerliste, wobei sie feststellte, dass zwei Studentinnen fehlten. »Wenn sie mehrmals nicht erscheinen, wird das Konsequenzen für sie haben. Ihr alle wisst, dass die Universitätsleitung und das Ministerium klargemacht haben, dass eine Nichtteilnahme an den Seminaren zur Exmatrikulation führen kann, weil der Besuch unserer Veranstaltungen ein wesentlicher Teil des Bildungs- und Erziehungsauftrags der Universitäten und Hochschulen ist.«

Nachdem Barbara die Teilnehmerliste zur Seite gelegt hatte, fuhr sie fort:

»Wir sind heute hier zusammengekommen, um uns der wichtigsten Aufgabe unseres Lebens zu widmen, nämlich der Arbeit an uns selbst, so dass wir zu neuen Menschen werden, wie der Ernst der Lage es verlangt. Der erste Schritt hin zu diesem fernen, großen Ziel besteht in einer schonungslosen Analyse unserer Persönlichkeit, unserer schuldbeladenen Lebensgeschichte und ihrer Zusammenhänge mit den Verbrechen, die wir und unsere Vorfahren als Gesellschaft begangen haben und die Teil unserer selbst sind. Wir beginnen deshalb heute mit einer kurzen Vorstellung, in der wir selbstkritisch über uns nachdenken und uns unseren Fehlern stellen, vor allem unserer verwerflichen Lebensweise, mit der wir zur Zerstörung der Erde beitragen, und all unseren tief verwurzelten, oft unbewussten falschen Einstellungen ... Wer möchte anfangen und mit einem offenen Bekenntnis der eigenen Schuld den anderen zum Vorbild dienen?«

Es dauerte einige Zeit, bis schließlich eine etwa 20-jährige Studentin mit kurzen braunen Haaren die Hand hob. »Danke, Christiane«, sagte Barbara. »Ich wusste, dass du eine der Ersten sein würdest.«

Daraufhin stand Christiane auf und wandte sich an die Gruppe: »Wie allen hier im Raum fällt es mir schwer, voranzugehen und mich meiner Schuld zu stellen, aber ich weiß, dass wir alle die Pflicht haben, uns zu ändern, und dass einige wenige Mutige den Anfang machen müssen ... Für diejenigen, die mich noch nicht kennen: Mein Name ist Christiane, und ich studiere seit dem Beginn dieses Semesters hier an der Hochschule ... Ich stamme, wie alle hier, aus einer privilegierten weißen Familie, denn wir alle sind ohne Ausnahme durch unsere Herkunft privilegiert, selbst dann, wenn unsere Eltern nach den Maßstäben unserer von Rücksichtslosigkeit und Egoismus geprägten Gesellschaft nicht besonders wohlhabend sind. Alle von uns sind im Vergleich zu den Verdammten dieser Welt unermesslich reich und verdanken diese Privilegien allein der Ausbeutung der Erde und der Armen. Auch ich bin zu Hause mit all dem Überfluss, der angeblichen Kultur und den vermeintlichen Werten unserer sogenannten Zivilisation aufgewachsen, ohne mir der Schuld bewusst zu werden, die ich damit auf mich geladen habe. Ich habe Reisen unternommen, habe mein Leben genossen und Bücher gelesen, die ich niemals hätte lesen dürfen ... Jetzt freilich habe ich mir vorgenommen, mich radikal zu ändern und jeden Tag auf mehr von dem zu verzichten, was mir und all den Menschen um mich herum bisher selbstverständlich war. Ich will nicht nur ein neuer Mensch, sondern auch eine Missionarin werden und meine Familie, meine Freunde und all diejenigen, die mir hier und anderswo begegnen, zu einem anderen Leben erziehen, wie wir es alle tun müssen, denn niemand darf abseits stehen bei diesem größten Wandel in der Geschichte der Menschheit.«

Barbara nickte zustimmend und sagte: »Nachdem Christiane mit gutem Beispiel vorangegangen ist, sollten andere es ihr gleichtun ... Wer will weitermachen?«

Nach einigen Augenblicken meldete sich Britta, eine große,

blonde, etwa 25-jährige Studentin, die Rebecca oberflächlich kannte.

Nachdem Barbara ihr kurz zugenickt hatte, begann Britta mit ihrer Vorstellung: »Mein Name ist Britta, und ich stehe kurz vor dem Examen im Fach Klavier ... Ich bin, wie ihr alle, in einer wohlhabenden weißen Familie aufgewachsen und stehe damit in der Tradition unserer schweren ererbten und erworbenen Schuld, an der wir unser Leben lang zu tragen haben werden. Erst durch ›Savonarola‹ bin ich mir unserer Verbrechen gegen die Menschheit bewusst geworden und habe mich entschlossen, meinen kleinen Beitrag zu leisten, um diese Schuld zu sühnen. Ich werde deshalb in Zukunft auf all unseren täglichen Komfort verzichten und vor allem keine Auseinandersetzung scheuen, um andere zur Umkehr zu bewegen, darunter nicht zuletzt meinen Freund, meine Eltern und meine Geschwister. Wo immer wir stehen und gehen, in jedem Moment des Alltags, müssen wir uns zur amoralischen Geschichte unserer Zivilisation und zu ihrem verdorbenen Charakter bekennen und Buße tun. Es darf keine Augenblicke mehr geben, in denen wir nicht an uns arbeiten und nicht wie Missionare unsere heilige Aufgabe erfüllen. Nur dann können wir auf Erlösung von dem Bösen hoffen, das tief in uns wurzelt, und nur dann haben wir Aussicht auf gnädige Vergebung unserer Schuld, die nur die berufenen Vertreter des Guten und der Wahrheit uns gewähren können ... Das nächste Mal schon werde ich vor euch Rechenschaft ablegen über meine Anstrengungen, die selbst auferlegte Entsagung und Bestrafung in meinem täglichen Leben und über den Wandel, den sie in mir bewirken.«

»Danke, Britta«, sagte Barbara. »Dein Wille zur Rechenschaft ist ungeheuer wichtig, und gerade hierin sollten wir dir alle folgen.«

Nach Britta meldeten sich weitere Gruppenmitglieder zu Wort, bekannten sich zu dem, was sie ihre ererbte und persönliche Schuld nannten, und versprachen, in der nächsten Seminarsitzung den anderen von ihrem täglichen Verzicht und ihrer missionarischen Arbeit zu berichten und sich ihrer Kritik zu stellen.

Zum Schluss dankte Barbara den Teilnehmerinnen für ihre vorbildliche Selbstkritik und fügte hinzu: »Das nächste Mal erwarte ich, dass auch diejenigen, die sich dieses Mal noch nicht geäußert haben, ein Bekenntnis der Schuld ablegen, die wir alle ohne Ausnahme auf uns geladen haben, und ihre Bemühungen zu Buße und Umkehr beschreiben.«

Als Rebecca am Abend nach Hause kam, erzählte ihr Christian, dass auch er an jenem Tag ein Seminar habe besuchen müssen, dass er sich dort jedoch, wie manche andere auch, nicht zu Wort gemeldet habe.

»Der Seminarleiter hat zum Schluss gesagt, dass es das nächste Mal nicht mehr toleriert würde, wenn einige sich nicht aktiv am Seminar beteiligten und keine Selbstkritik übten ... Ich glaube, ich werde nächste Woche nicht mehr hingehen. Ich werde mich nicht so demütigen und verbiegen. Zwar würde mir dann möglicherweise die Exmatrikulation drohen, aber selbst wenn es dazu käme, würde ich diesen Nachteil in Kauf nehmen. Ich habe erst vor nicht allzu langer Zeit mit dem Studium angefangen und könnte später weitermachen, wenn sich die Verhältnisse bessern ... Bei dir sieht es natürlich anders aus ... Durch deine außergewöhnlichen Fähigkeiten als Pianistin stehst du schon kurz vor dem Examen, obwohl du erst ein paar Semester studiert hast.«

»Das stimmt ... Ich habe auch schon darüber nachgedacht, die Teilnahme an den Seminaren zu verweigern, aber ich möchte natürlich auf meinen Abschluss möglichst nicht verzichten.«

»Da hast du selbstverständlich recht ... Immerhin hast du den Vorteil, dass viele von den anderen deine Leistungen bewundern, vor allem nachdem du mehrere erfolgreiche Konzerte gegeben hast. Vielleicht wird dir das helfen.«

Rebecca errötete und antwortete: »Schon möglich, dass es so ist ... Wer weiß? Vielleicht kann ich auf diese Weise doch noch mein Examen machen, ohne diese schreckliche Prozedur der Selbstanklage auf mich nehmen zu müssen.«

»Ich glaube, du solltest es versuchen. Was auch immer geschieht ... Ich werde auf jeden Fall bei dir sein und dich unterstützen«, antwortete Christian und umarmte Rebecca.

Eine Woche später traf sich Rebeccas Seminargruppe erneut, und dieses Mal waren auch die beiden Gruppenmitglieder dabei, die beim vorigen Mal gefehlt hatten. Barbara wies sie in deutlichen Worten darauf hin, dass sie nicht noch ein weiteres Mal unentschuldigt einer Seminarsitzung fernbleiben dürften, weil sie ansonsten gezwungen sei, ihre Abwesenheit dem Rektorat zu melden.

Dann fuhr sie fort: »Für heute hatten wir uns vorgenommen, über unsere Anstrengungen und unsere persönliche Entwicklung in der vergangenen Woche Rechenschaft abzulegen und uns der erzieherischen Kritik der anderen zu stellen ... Ich möchte heute bei mir selbst anfangen ... In der letzten Woche habe ich mehr noch als zuvor ständig und überall auf meine Einstellung und meine Handlungen geachtet und mich gefragt, wie sich meine und unsere Schuld im Alltag auswirkt. Nachdem ich schon vorher allen meinen Schmuck und sämtliche modische Kleidung weggeworfen oder verkauft und den Erlös an ›Savonarola‹ gespendet hatte, habe ich letzte Woche vor allem meine Lesegewohnheiten unter die Lupe genommen und unter meinen verbliebenen Büchern nicht wenige gefunden, die menschenfeindliche Gedanken enthielten, wie sie für unsere vom Bösen durchdrungene sogenannte Zivilisation typisch sind, die sich andere Menschen wie Waren angeeignet und ihre weit überlegenen kulturellen Leistungen skrupellos ausgebeutet hat. Deshalb habe ich mich entschlossen, mich von all diesen Produkten unserer angeblichen Kultur zu trennen, und habe sie in unserem Wohnzimmerofen verbrannt. Schließlich habe ich, obwohl es mir sehr schwergefallen ist, viele meiner Schallplatten und CDs mit klassischer Musik in die Mülltonne geworfen und mich entschieden, diese Musik in Zukunft auch selbst nicht mehr zu spielen, was ja glücklicherweise inzwischen hier an der Musikhochschule auch nicht mehr erwartet wird ... Auch meinen Freund und einige Bekannte, die in ihrer selbstkritischen Reflexion noch nicht so weit gekommen sind, habe ich aufgefordert, dasselbe zu tun. Eine Freundin habe ich beispielsweise auf einige sogenannte Klassiker in ihrem Bücherregal aufmerksam gemacht, deren Verwerflichkeit schon vor langer Zeit erkannt wurde, und eine andere habe ich gefragt, warum sie noch immer die Zentralheizung in ihrer Wohnung benutzt, statt einen kleinen Holzofen einbauen zu lassen, der auch im Winter nur für ein paar Stunden pro Tag in Betrieb ist ... Für nächste Woche habe ich mir vorgenommen, gerade solche erzieherischen Bemühungen noch zu verstärken.«

»Hier musst du und müssen wir alle noch wesentlich entschlossener vorgehen ... Es geht nicht, dass manche Menschen auch in Zukunft noch immer Auto fahren oder Zentralheizungen in ihren Häusern haben wollen. Wir müssen sie in aller Deutlichkeit darauf hinweisen, dass so etwas nicht mehr toleriert wird ... Und die vielen amoralischen Bücher sollten notfalls öffentlich verbrannt werden, um zu zeigen, dass sie in unserer neuen Welt keinen Platz mehr haben. Eigentlich müssten wir in alle Wohnungen gehen und sie beschlagnahmen ...«, sagte Christiane.

»Danke für deine Anregungen, die die Führung von ›Savonarola‹ in den nächsten Tagen in ähnlicher Form auch in der Öffentlichkeit erheben wird«, erwiderte Barbara und fuhr fort: »Wer möchte weitermachen?«

Als nächste meldete sich wieder Britta zu Wort: »Ich habe in der letzten Woche versucht, mich konsequent fast nur von Früchten und Beeren zu ernähren, die ich im Wald gefunden habe, und meinen sonstigen Nahrungsmittelverbrauch auf ein Minimum zu reduzieren. Bücher mit unmoralischem Inhalt hatte ich schon längst vernichtet. Darüber hinaus habe ich mir jetzt vorgenommen, meinen Fernseh- und Internetkonsum auf erzieherische Sendungen und Seiten zu beschränken und jede Form der Unterhaltung zu meiden. Nicht zuletzt jedoch werde ich in Zukunft alle Kontakte zu Leuten abbrechen, die sich noch immer unserer moralischen Revolution verweigern, und ich werde andere auffordern, sie sozial zu isolieren und zu ächten.«

Nicht wenige Teilnehmer klatschten, und auch Barbara stimmte Britta zu. Anschließend sagte sie: »Wir wollen jetzt auch die Rechenschaft derjenigen hören, die das letzte Mal nichts gesagt haben, und fangen bei Claudia an.« Dabei zeigte sie auf eine dunkelblonde, knapp 25-jährige Studentin, die zu Rebeccas Freundinnen gehörte.

Claudia wirkte leicht verlegen, als sie antwortete: »Ich habe mir vorgenommen, weniger Auto zu fahren, und vielleicht werden wir unser Auto bald verkaufen.«

»Das reicht nicht!«, erwiderte Britta. »Du musst noch viel mehr tun! Was du gesagt hast, wirkt beinahe so, als ob dir unsere Zukunft und die Schuld unserer Zivilisation gleichgültig wären. Das muss sich ändern!«

Einige der Anwesenden nickten, während andere sich zurückhielten. Schließlich sagte Barbara:»Du hast gehört, was Britta gesagt hat. Du solltest, wie wir alle, diese Kritik annehmen.«
Nach Claudia kamen die anderen Gruppenmitglieder an die Reihe. Manche äußerten sich ähnlich wie Barbara, Britta und Christiane, während andere nur vage über ihre Absicht sprachen, ihr Leben zu ändern, und daraufhin in mehr oder weniger harschem Ton zurechtgewiesen wurden. Schließlich kam die Reihe an Rebecca, die nach kurzem Zögern antwortete:»Wir werden dieses Jahr auf Reisen verzichten.«

»Ist das alles?«, fragte Barbara.

»Für den Augenblick ja ...«

»Das ist zwar besser als nichts, aber auf Dauer ist es nicht genug«, erwiderte Barbara, bevor sich andere Teilnehmerinnen äußern konnten. Dann erklärte sie die Sitzung für geschlossen.

Als Rebecca die Musikhochschule verließ, führte ihr Weg sie an mehreren Räumen vorbei, in denen die Seminare noch andauerten. In einem dieser Räume stand die Tür offen, und Rebecca hörte, wie mehrere Teilnehmer eine Studentin anschrien und sie beschuldigten, gewissenlos und egoistisch zu sein. Rebecca blieb kurz stehen und sah, wie die junge Frau den Kopf schüttelte und in Tränen ausbrach, und hörte, wie die Seminarleiterin schließlich sagte:»Anstatt zu heulen, solltest du endlich anfangen, ernsthaft an dir zu arbeiten. Deine Tränen sind nutzlos. Sie beeindrucken uns nicht im Geringsten, weil du damit nur versuchst, dich auf hinterhältige Weise deiner Verantwortung zu entziehen.«

Nachdem Rebecca zu Hause angekommen war, erzählte sie Christian von ihren Erlebnissen, und er sagte ihr, dass er an jenem Tag einen Brief vom Rektorat erhalten habe, in dem ihm die Zwangsexmatrikulation angedroht worden sei, falls er in den nächsten beiden Wochen wiederum den »Savonarola«-Seminaren fernbleibe. »Außerdem wurde ich heute in einem Seminar in Geschichte angepöbelt und als Faschist und Idiot beschimpft ... Ich glaube, das Klima an der Uni wird bald unerträglich werden.

Insofern nimmt die Zwangsexmatrikulation nur vorweg, was ohnehin unvermeidlich ist ... Ich werde in meinem Studium zunächst eine Pause machen und hoffen, dass ich es später wiederaufnehmen kann, wenn sich die Verhältnisse bessern. Finanziell müssen wir uns ja glücklicherweise keine Sorgen machen.«

»Immerhin ... Aber trotzdem ist die Lage bedrückend, und ich glaube, dass das nur der Anfang ist«, antwortete Rebecca.

»Das stimmt ... Wir werden unsere gegenseitige Unterstützung bitter nötig haben.«

»Gut, dass wir uns aufeinander verlassen können.«

»Richtig«, erwiderte Christian und umarmte Rebecca.

Als sie am selben Abend die Fernsehnachrichten einschalteten, hörten sie ein Interview mit Sabine, der Sprecherin von Savonarola Deutschland, die neue Forderungen erhob und zukünftige Maßnahmen ankündigte: »Was wir bisher getan haben, reicht bei weitem nicht aus. Wir müssen den Leuten unerbittlich den Ernst der Lage und die Unausweichlichkeit unserer Kulturrevolution klarmachen. Deshalb verlangen wir, dass alle Menschen in Deutschland ihre Luxusgegenstände und sämtliche als menschenfeindlich und unmoralisch klassifizierte Bücher abgeben. Da viele das nicht freiwillig tun werden, müssen wir sie dazu zwingen, indem wir ihre Wohnungen durchsuchen und diese Gegenstände konfiszieren.« Als der Journalist sie nach der rechtlichen Grundlage für eine solche Aktion fragte, antwortete sie: »Wir befinden uns in einer Notlage und in der größten kulturellen Revolution, die die westliche Welt je gesehen hat. Die dramatische Situation der Erde und unsere erdrückende moralische Schuld rechtfertigen alles, was jetzt notwendig ist ... Deshalb fordern wir auch, Luxusartikel und verwerfliche Bücher öffentlich zu verbrennen, um sie zu ächten.« Ihr Gesprächspartner nahm diese Forderung mit Zustimmung zur Kenntnis, ebenso wie zwei Mitglieder des Ausschusses für weltweite Wohlfahrt und Gerechtigkeit, die sich anschließend äußerten.

»Es ist wie in einem Albtraum, in dem alles immer schlimmer wird, wie ein Strudel, in den man hineingezogen wird und der sich immer schneller dreht«, sagte Rebecca.

»Ich fürchte, dass du recht hast«, entgegnete Christian.

»Heute habe ich übrigens eine Nachricht von Steffi Weber erhalten. ... Ihr Therapieseminar ist inzwischen zu Ende. Glücklicherweise wurde sie auf Bewährung entlassen. Sie hat uns eingeladen, nächste Woche zu ihr zu kommen, bevor sie Europa für immer verlässt.«

»Gut, dass sie die Möglichkeit dazu hat. Auswandern können mittlerweile nur noch ganz wenige. Wann treffen wir uns mit ihr?«

»Nächsten Montag«, sagte Rebecca und fügte hinzu: »Claudia möchte auch mitkommen.«

»Ich glaube, das ist eine gute Idee.«

Am darauffolgenden Montag fuhren Rebecca und Christian mit der S-Bahn nach Kelsterbach, einem Vorort im Westen Frankfurts, wo Steffi lebte. Als sie ankamen, trafen sie Claudia am Bahnhof und gingen das letzte kurze Stück des Weges gemeinsam.

»Ich habe gehört, dass das Therapieseminar für Frau Weber ein erschütterndes Erlebnis war und dass es auch körperlich sichtbare Spuren hinterlassen hat«, sagte Claudia.

»Daran habe ich keine Zweifel, und leider ist das eine Erfahrung, die uns allen bevorstehen könnte«, antwortete Rebecca.

Einige Minuten später erreichten sie Steffis Haus in einer von älteren Bäumen gesäumten Allee, von der aus sich ein weiter Blick über das Maintal und den Taunus bot.

Als Steffi die Tür öffnete und sie begrüßte, sahen die drei sofort, dass sie körperlich und seelisch stark verändert erschien. Sie war abgemagert, ihr Gesicht zeigte einige tiefe Falten, und ihr Haar war an manchen Stellen ergraut. Zwar wirkte sie noch immer, wie in der Vergangenheit, sportlich und zupackend, doch spürte insbesondere Rebecca, dass sie einen Teil ihrer Energie und Zuversicht verloren hatte. Nachdem Steffi, ihre Partnerin Ulrike und ihre drei Besucher im Wohnzimmer Platz genommen hatten, sagte Steffi:

»Schön, dass es mit eurem Besuch noch geklappt hat. Nächste Woche fliegen wir nach Amerika... Das Haus ist schon verkauft.«

»Gut, dass Sie noch auswandern können«, antwortete Rebecca.

»Ja … Hier hätten Ulrike und ich keine Zukunft mehr. Ich hoffe nur, dass es uns in Amerika besser geht.«

»Ganz bestimmt«, sagte Ulrike.

»Du hast schon recht … Man darf die Hoffnung nie aufgeben«, erwiderte Steffi.

»Nach dem, was du erlebt hast, sind deine Zweifel natürlich nur allzu verständlich«, fuhr Ulrike fort und erzählte Rebecca, Claudia und Christian von den Ereignissen der letzten Wochen und Monate, dem Therapieseminar und Steffis Ankunft zu Hause.

»Sie hat sich glücklicherweise schon wieder deutlich erholt«, sagte Ulrike zum Schluss. »Im ersten Augenblick war ich ziemlich entsetzt, als ich sie gesehen habe.«

»Dabei ging es mir noch gut im Vergleich zu den anderen in meiner Gruppe«, sagte Steffi und berichtete ausführlicher von ihren Erlebnissen. Schließlich sagte sie:

»Ich weiß, dass sich auch an der Musikhochschule und an der Uni die Verhältnisse zuspitzen, seit ›Savonarola‹ an Einfluss gewinnt.«

»Das stimmt«, entgegnete Claudia und erzählte Steffi und Ulrike von den Entwicklungen der letzten Wochen und ihren Erfahrungen in den Savonarola-Seminaren.

»Ihr seid mutig«, sagte Steffi und fügte mit einem Ausdruck tiefer Besorgnis hinzu: »Aber seid vorsichtig!«

Rebecca nickte und antwortete nach einigen Augenblicken:

»Sie werden in Zukunft an einem bekannten Konservatorium in New York unterrichten …«

»Ja«, erwiderte Steffi. »In dieser Hinsicht ist glücklicherweise alles geregelt. Ich habe auch schon die ersten Konzerttermine mit Klavierkonzerten von Rachmaninoff und Tschaikowsky. Ich werde wohl mein Repertoire in Zukunft etwas umstellen müssen. Ihr wisst schon … weniger Bach und Beethoven und mehr von diesen Stücken, die auch Laien beeindrucken.«

»Technisch ist das für Sie ja absolut kein Problem«, sagte Rebecca.

Steffi wirkte für einen Augenblick etwas verlegen und antwortete dann: »Danke für das Kompliment … Vielleicht macht sich da eine gewisse sportliche Ader bemerkbar ... Die hat mir auch während des Therapieseminars geholfen.«

»Gott sei Dank ...« sagte Ulrike.

»Da hast du recht«, entgegnete Steffi und fuhr fort: »Ich hoffe, dass wir alle in Kontakt bleiben werden.«

»Ja, natürlich«, erwiderte Rebecca. »Wir werden an Sie denken und uns bei Ihnen melden, auch wenn es ein bisschen dauern kann, je nachdem wie sich die Bedingungen hier entwickeln.«

»Wir müssen eben hartnäckig sein und viel Ausdauer haben«, entgegnete Steffi.

Als sie sich kurz darauf voneinander verabschiedeten, sah Steffi den drei in die Augen und sagte zum Schluss: »Passt auf euch auf!«

Nachdem sie eine Stunde später zu Hause angekommen waren, sagte Rebecca zu Christian:

»Steffi war wirklich ziemlich mitgenommen ... Das Therapieseminar war noch schlimmer, als wir es alle erwartet hatten.«

»Das stimmt«, erwiderte Christian und fuhr nach einem Augenblick fort: »Wer weiß, was sich in den Gefängnissen abspielt? Es gibt Gerüchte über unvorstellbare Zustände und Methoden seelischer und körperlicher Folter, die manche Gefangene nicht überleben.«

»Ich weiß ... Ich frage mich, was aus Steffis Leidensgenossinnen geworden ist, von denen sie uns erzählt hat.«

»Vielleicht werden wir es eines Tages herausfinden ... wenn irgendwann alles vorbei ist«, antwortete Christian.

In der folgenden Nacht hielten die Erlebnisse des vergangenen Tages und ihre Befürchtungen Rebecca längere Zeit wach. Als sie endlich einschlief, fand sie sich in eine fremdartige Welt versetzt. Sie lag auf einem erhöhten Bett in einer völlig dunklen und stillen Gefängniszelle, in der es anfangs eisig kalt war. Dann jedoch stiegen die Temperaturen, zunächst langsam, dann immer schneller, während gleichzeitig ein roter Lichtschein die Zelle erfüllte. Als Rebecca einen Blick nach unten warf, bemerkte sie, dass der Boden der Zelle von einer lavaähnlichen Masse bedeckt war, die sich unaufhaltsam ihrem Bett näherte, während die

Hitze rasch unerträglich wurde. Als sie kurz darauf ihren Körper betrachtete, sah sie, dass sich ihre Haut an vielen Stellen schwarz verfärbte und aufplatzte. »Ich verbrenne!«, schrie sie, bevor sie sich aufrichtete und nach wenigen Augenblicken bemerkte, dass sie in ihrem Bett saß und die warme Frühsommerluft durch das Fenster hereinwehte.

»Hattest du wieder einen Albtraum?«, fragte Christian.

»Ja, leider …«, antwortete Rebecca und erzählte Christian von ihrem Traum.

»Du weißt, dass auch ich manchmal solche Träume habe … In ihnen drücken sich natürlich auch unsere Anspannung und die Erlebnisse der letzten Wochen aus. Aber hier sind wir ja in Sicherheit, und wir sind zusammen.«

»Ja, glücklicherweise«, entgegnete Rebecca, bevor sie sich beide wieder hinlegten und bis zum nächsten Morgen schliefen.

In den nächsten zwei Wochen fanden wieder jeweils mittwochs die Savonarola-Seminare statt, in denen die Teilnehmerinnen von den Änderungen und den neuen Zielen in ihrem Leben berichteten, wobei freilich Rebecca, Claudia und zwei andere Studentinnen nur ausweichend antworteten. Barbara tadelte sie zwar dafür, doch war ihre Kritik sehr milde im Vergleich zu dem, was Mitglieder anderer Seminargruppen erzählten, wo Studenten, die zu wenig Selbstkritik übten, angeschrien wurden und sich oft kniend vor der ganzen Gruppe zu ihrer Schuld bekennen mussten. Insbesondere Britta schien deshalb unzufrieden mit der Art, wie Barbara das Seminar leitete, und Rebecca hörte, wie sie nach einer Sitzung zu Barbara sagte: »Du sabotierst unsere Ziele!«, und sie dabei drohend ansah.

Am Donnerstag nach der letzten Seminarsitzung wurde Christian von der Universität mitgeteilt, dass er mit sofortiger Wirkung exmatrikuliert sei und nicht mehr an Veranstaltungen teilnehmen dürfe.

»Ich hatte ohnehin damit gerechnet«, sagte er abends zu Rebecca, als sie nach Hause kam.

»Vielleicht ist es besser so«, antwortete sie. »Wer weiß? Im schlimmsten Fall hätte dich möglicherweise sogar jemand angezeigt, weil du in den Seminarsitzungen ›falsche‹ Antworten gegeben hättest ... Das kann sehr schnell gehen ... Gestern habe ich gehört, wie Britta Barbara beschuldigt hat, die Ziele von ›Savonarola‹ zu sabotieren, weil sie angeblich nicht streng genug und in ihrer Kritik zu weich ist. Seit ein paar Wochen gilt ja jede Art von Sabotage als Straftat, so dass selbst Barbara als Seminarleiterin mit allem rechnen muss.«

»Da hast du natürlich recht. Unter den jetzigen Umständen gibt es wirklich Schlimmeres als eine Exmatrikulation ... Heute habe ich im Internet gelesen, dass am nächsten Dienstag an allen Hochschulen Vollversammlungen stattfinden, in denen die Studenten aufgefordert werden, sich an der Beschlagnahmung und Verbrennung von Luxusgegenständen und Büchern zu beteiligen, die am Donnerstag in einer Woche stattfinden soll.«

»Ja, das habe ich auch gelesen, und es wurde auch schon darüber gesprochen ... Manchmal wünschte ich, dass ich auch exmatrikuliert wäre. Mir graut vor dieser Versammlung. Es wird mir wohl nichts anderes übrigbleiben als hinzugehen, aber an diesen Aktionen werde ich mich auf gar keinen Fall beteiligen, egal was geschieht. Ich hoffe natürlich, dass am Ende niemand dazu gezwungen wird, aber ich bin nicht sehr optimistisch«, sagte Rebecca.

»Ich sehe die Sache genauso wie du ... Die Daumenschrauben werden immer fester angezogen. Aber wie immer werden wir auch diese Bedrohung gemeinsam überstehen.«

»Richtig«, antwortete Rebecca und umarmte Christian.

Am darauffolgenden Dienstag fand, wie angekündigt, auch an der Musikhochschule eine Vollversammlung statt, in der die Studenten Näheres über die geplanten Aktionen der Bewegung erfuhren, die zur selben Zeit in allen größeren Städten stattfinden sollten.

Vor Beginn der Veranstaltung musste sich Rebecca, wie alle Teilnehmer, in eine Anwesenheitsliste eintragen, bevor die Leiterin die Versammlung eröffnete:

»Studentinnen und Studenten! Nachdem wir in den Seminaren über Wochen hinweg an uns und unserer gegenseitigen Erziehung zu neuen Menschen gearbeitet haben, ist jetzt die Zeit gekommen, unserer Bewegung eine neue Dimension zu geben und klarzumachen, dass wirklich niemand mehr abseits stehen und sich unseren Werten verweigern darf. Es muss deutlich werden, dass verwerflicher Überfluss und die falschen, zutiefst amoralischen Ideen der Vergangenheit nicht mehr toleriert werden und in unserer Gesellschaft keinen Platz mehr haben. Wir werden deshalb, wie ihr bereits wisst, in Gruppen in alle Häuser gehen und sämtliche Luxusgegenstände sowie Bücher, die gefährliches Gedankengut enthalten, beschlagnahmen und später öffentlich verbrennen. Es ist für alle Studentinnen und Studenten, denen unsere Zukunft und die unserer grenzenlosen Welt am Herzen liegt, eine selbstverständliche moralische Pflicht, an diesen Aktionen teilzunehmen ... Wir treffen uns also am Donnerstag um 13 Uhr hier, und anschließend brechen alle Gruppen gemeinsam auf. Ihr werdet nach dieser Versammlung von den Leiterinnen und Leitern eurer Seminare in Dreiergruppen aufgeteilt, die dann am Donnerstag zusammen losmarschieren ... Ich rechne fest damit, dass alle sich beteiligen und dass niemand unsere Maßnahmen sabotiert!«, rief die Veranstaltungsleiterin, bevor sie die Versammlung beendete. Anschließend trafen sich die Mitglieder der Seminargruppen in den Übungsräumen der Hochschule. Rebeccas Gruppe musste nicht allzu lange warten, bis ein Raum frei wurde. Als sie sich kurz darauf alle um Barbara versammelt hatten, gab sie ihnen einige letzte Informationen über den Ablauf der Aktion und fragte anschließend: »Wer macht mit?« Daraufhin hoben außer Rebecca und Claudia alle die Hand. »Die Frage hättest du gar nicht stellen dürfen!«, rief Britta und fügte, zu Rebecca und Claudia gewandt, hinzu: »Ich werde mir übermorgen notieren, wer dabei ist.« Danach teilte Barbara die neun Seminarteilnehmerinnen, die sich gemeldet hatten, in drei Gruppen ein. Zum Schluss meldete sich noch einmal Britta zu Wort: »Es ist wichtig, dass wir mit aller Entschlossenheit vorgehen ... Wenn die Leute ihre Sachen nicht freiwillig herausgeben oder Widerstand leisten, stehen Angehörige unserer militanten Gruppen bereit, die wir nur über unsere Smartphones zu Hilfe rufen müssen. Ich hoffe, dass niemand zu halbherzig ist!«

Nachdem Rebecca Christian am Abend von der Versammlung erzählt hatte, sagte er:

»Wir müssen damit rechnen, dass die Mitglieder von ›Savonarola‹ auch zu uns kommen und Dinge beschlagnahmen, die nach ihrer Ideologie verboten sind ... Luxusgegenstände haben wir eigentlich ohnehin keine ... Aber wir müssen unsere Bücher, CDs und Ähnliches gut verstecken, so dass sie niemand findet, denn da ist vieles dabei, was bei ›Savonarola‹-Anhängern Anstoß erregen würde.«

»Das stimmt. Ich habe auch schon daran gedacht ... All das zeigt, wie weit wir mittlerweile gekommen sind ... Aber leider können wir es kaum ändern und müssen mit den Verhältnissen so gut wie möglich zurechtkommen«, antwortete Rebecca.

Daraufhin trugen sie viele ihrer Bücher und CDs in den Speicher, wo sie sie an schwer zugänglichen Orten versteckten.

»Ich glaube, es ist besser, wenn wir vorsichtshalber auch die meisten unserer Noten nach oben bringen ... Du weißt ja, wie das mit klassischer Musik heute so ist«, sagte Rebecca.

»Ja, leider«, antwortete Christian. »Ein paar Noten sollten wir freilich hierlassen ... Sie würden dir nicht glauben, dass du als Musikstudentin keine Noten besitzt, und würden alles durchwühlen.«

»Richtig ... Ich suche einige Notenhefte aus, die wir doppelt haben oder die nicht so wichtig sind.«

Daraufhin sah Rebecca ihre restlichen Noten durch und legte einen kleineren Stapel auf ihr Klavier.

»Ich glaube, jetzt haben wir getan, was wir tun konnten«, sagte sie zum Schluss. »Ich hoffe, dass es keine Gewalt gibt ... Am Ende der Versammlung hat Britta ja erwähnt, dass die ›Savonarola‹-Mitglieder im Zweifelsfall die Bruderschaft der Gerechtigkeit oder andere militante Gruppen zu Hilfe rufen sollen, wenn es Probleme gibt.«

»Ich hoffe auch, dass es nicht allzu schlimm wird und dass es für dich vor allem keine schweren Konsequenzen hat, wenn du dich nicht an der Aktion beteiligst.«

Rebecca senkte den Kopf und antwortete nach einem Augenblick:

»Was auch immer geschieht ... Ich würde nie bei so etwas mitmachen.«

»Du bist tapfer und mutig«, sagte Christian und umarmte Rebecca.

Am Donnerstagvormittag wurde im Radio, im Fernsehen und im Internet, wie bereits in den Tagen zuvor, nochmals angekündigt, dass »Savonarola«-Gruppen nachmittags und abends alle Wohnungen nach verdächtigen Gegenständen durchsuchen würden, und die Menschen wurden aufgefordert, anwesend zu sein oder eine Nachricht zu hinterlassen, wann eine Durchsuchung möglich sei, damit sie baldmöglichst nachgeholt werden könne.

Um zwei Uhr erschienen schließlich die »Savonarola«-Mitglieder in der Straße, wo Rebecca und Christian lebten, klingelten an allen Haus- und Wohnungstüren und erreichten nach einiger Zeit auch das dreigeschossige Haus, in dem die beiden wohnten. Zuerst durchsuchte die Gruppe, die aus zwei jungen Frauen und einem jungen Mann bestand, die beiden Wohnungen unter ihnen. Während Christian und Rebecca warteten, drangen laute Stimmen aus dem ersten Stock, wo ein älteres Ehepaar lebte. Die beiden hörten, wie die Frau rief: »Nein, bitte, nicht meine Puppe! Sie ist ein Erbstück von meiner Mutter!«, und wie der junge Mann sie barsch zurechtwies. Als ihr Ehemann eingriff, schrie eine der jungen Frauen: »Wenn Sie die Puppe nicht hergeben, rufen wir Unterstützung!« Wenig später hörten Christian und Rebecca, wie die Frau in Tränen ausbrach und wie die Gruppe wenige Augenblicke später die Wohnung verließ und zunächst einen Sack voller Gegenstände sowie eine große Porzellanpuppe zu einem wartenden Auto brachte, bevor die drei Gruppenmitglieder bei Christian und Rebecca im zweiten Stock klingelten. Als Christian die Tür öffnete, sagte der junge Mann: »Savonarola. Wir wollen eure Wohnung durchsuchen«, worauf Christian antwortete: »Leider können wir euch nicht daran hindern.« Während die Gruppe die Wohnung betrat, sagte eine der jungen Frauen: »Ihr seid Studenten. Warum beteiligt ihr euch nicht an unserer Aktion?« »Weil wir sie für falsch halten«, erwiderte Rebecca. »Niemand hat das Recht, einfach so die Wohnungen anderer Leute zu durchsuchen.« »Es gibt noch immer so einige, die an solchen überholten Vorstellungen festhalten. Aber es geht um das Überleben der Menschheit und um eine Kulturrevolution. Da gelten die alten Gesetze nicht mehr. Sie sind durch eine neue Ordnung abgelöst worden. Es wird, verdammt nochmal, endlich Zeit, dass ihr eure Einstellungen ändert, bevor es zu spät ist!... Wollt ihr etwas freiwillig abgeben?« »Nein. Wir haben nichts«, antwortete Christian. »Das werden wir ja sehen«, sagte der junge Mann und begann die Wohnung genau in Augenschein zu nehmen. Die Gruppenmitglieder sahen sich alle Schränke, Schubladen und Bücherregale genau an und entdeckten zuerst im Bad eine Flasche Parfüm, die sie konfiszierten. In Christians Bücherregal fanden sie drei Romane von Joseph Conrad und mehrere Werke Immanuel Kants, die ebenfalls beschlagnahmt wurden, bevor sich der junge Mann schließlich den Notenstapel auf dem Klavier ansah und Hefte mit Stücken von Bach, Beethoven und Schumann mitnahm. »Dieses ganze klassische Zeug müsste eigentlich vernichtet werden. Habt ihr noch mehr davon?« »Nein«, entgegnete Rebecca. »Davon möchten wir uns überzeugen. Ihr habt hier natürlich einen Keller und einen Speicher. Die wollen wir sehen.« Da Christian wusste, dass eine Weigerung sinnlos war, führte er die Gruppe zunächst in den Keller und dann in den Speicher, wo man sich allerdings nur auf Knien fortbewegen konnte und wo viele Kartons und alte Möbelstücke abgestellt waren, unter denen Christian und Rebecca ihre Bücher, CDs und Noten in einer Ecke unter den Planken des Holzfußbodens verborgen hatten. Nachdem die Mitglieder der Gruppe die Kartons geöffnet und teilweise durchwühlt hatten, sagte der junge Mann: »Na gut ... Wir können hier nichts finden, was allerdings nicht heißt, dass es nichts gibt. Wir machen uns eine Notiz. Eure Wohnung wird bei einer späteren Aktion noch genau unter die Lupe genommen, und ihr könnt mir glauben, dass wir dann alles finden, was ihr hier irgendwo versteckt habt. Es darf und wird keine Schlupfwinkel für falsche und verbrecherische Gedanken mehr geben.« Bevor die Gruppe mit den beschlagnahmten Gegenständen die Wohnung verließ, sagte eine der jungen Frauen: »Ich kann euch nur dringend raten, euch zu ändern und nicht zu versuchen, unsere Revolution zu sabotieren. Sonst wird euer Leben zur Hölle werden!«

Nachdem die drei gegangen waren, sahen sich Christian und Rebecca wortlos an und umarmten einander. Schließlich sagte Christian:

»Für den Augenblick ist es vorbei.«

»Ja, aber wer weiß, für wie lange?«, antwortete Rebecca.

»Wir können nur hoffen, dass all das bald zu Ende geht.«
»Das stimmt ...«, erwiderte Rebecca.

Als Rebecca am Freitagvormittag die Musikhochschule erreichte, erfuhr sie, dass um 14 Uhr im Hof des Konservatoriums, wie an vielen anderen Orten, beschlagnahmte Gegenstände öffentlich verbrannt werden sollten. Kurz darauf warf sie von einem der Übungsräume aus einen Blick in den Hof und sah, dass dort bereits ein großer Stapel von Holzscheiten aufgeschichtet war und dass Mitglieder von »Savonarola« immer mehr Bücher und viele andere Gegenstände in den Hof trugen. Nachdem Rebecca drei Stunden Klavier gespielt hatte, war es kurz vor zwei Uhr, und es hatten sich bereits viele Studenten und Neugierige im Hof versammelt. Wenig später betrat Barbara den Übungsraum, um wie Rebecca das Geschehen von oben zu verfolgen. »Beteiligst du dich nicht an der Aktion?«, fragte Rebecca. »Nein ...«, antwortete Barbara mit einem Unterton, der verriet, dass ihr die Frage offenbar unangenehm war.

Bald darauf griff die junge Frau, die die letzte »Savonarola«-Vollversammlung geleitet hatte, zum Mikrofon und hielt eine kurze Rede:

»Wir sind heute hier zusammengekommen, um uns von all dem zu trennen, was die zahlreichen Gegenstände verkörpern, die hier zusammengetragen worden sind: Überfluss, Konsum, Verschwendung, Gewinnstreben, Kolonialismus, Rassismus, Faschismus, die Aneignung anderer Zivilisationen und den Glauben an unsere vermeintliche kulturelle Überlegenheit ... Die Verbrennung dieser Objekte ist ein Symbol für die Reinigung unserer revolutionären Gesellschaft von den Verbrechen der Vergangenheit und für die Säuberung unserer Seelen von verwerflichen Gedanken. Wie die reinigende Kraft des Feuers diese Gegenstände vertilgt, müssen auch wir mit brennendem Eifer in anderen und in uns selbst all die unmoralischen Ideen der Vergangenheit auslöschen und damit den fruchtbaren Boden bereiten für ein neues Leben und einen neuen Menschen. Lasst uns also das Feuer der Reinheit und des Lebens entzünden, damit die Fackel unserer Revolution nie erlöschen möge!«

Daraufhin setzten drei ›Savonarola‹-Mitglieder den Holzstapel in Brand. Anschließend fuhr die Rednerin fort:

»Wir übergeben dem Feuer zunächst all die Bücher, die verbrecherische Gedanken enthalten, und beginnen mit den vielen Werken sogenannter Philosophen wie Platon, Aristoteles, Kant und wie sie alle heißen.«

Nachdem sie mehreren Helfern ein Zeichen gegeben hatte, warfen diese Hunderte von Büchern auf den Scheiterhaufen, der so hoch aufloderte, dass die anwesenden Feuerwehrleute erste Anzeichen von Besorgnis zeigten. Als diese Bücher weitgehend zu Asche verbrannt waren, folgten literarische Werke, die unter lautem Johlen und Klatschen der Anwesenden ins Feuer geworfen wurden. Schließlich wurden sogenannte Luxusgegenstände den Flammen übergeben, was längere Zeit dauerte, weil Schmuck, Puppen, Bilder und Möbel nicht immer so leicht Feuer fingen und auch oft nicht vollständig verbrannten, so dass immer wieder trockenes Holz nachgelegt werden musste, um das Feuer anzufachen, dessen schwarze Rauchschwaden den Hof erfüllten. Nach etwa zwei Stunden waren jedoch alle Gegenstände großenteils vom Feuer verzehrt, und die Versammlung löste sich auf. Als die meisten Zuschauer gegangen waren, löschten die Feuerwehrleute die Glut, und »Savonarola«-Mitglieder begannen damit, die Überreste auf die Ladefläche eines bereitstehenden Lastwagens zu schaufeln. Dabei sah Rebecca zufällig eine große Puppe, die jener Porzellanpuppe ähnelte, die bei den alten Leuten im ersten Stock ihres Hauses beschlagnahmt worden war. Sie war teilweise verkohlt, doch ihre Augen waren unversehrt und starrten wie gedankenverloren ins Leere. Ihr einst weißer Körper war von Ruß bedeckt und an manchen Stellen aufgeplatzt, so dass das Innere zum Vorschein kam, das aus einer roten Masse bestand, die teilweise herausquoll. Bei dem Anblick dachte Rebecca unwillkürlich an den Traum, den sie einige Wochen zuvor gehabt hatte, und an Christians Worte, nach denen die Ängste, die sich in Albträumen widerspiegeln, oft nicht so unbegründet sind, wie es auf den ersten Blick scheint.

Nachdem schließlich fast die ganze Asche weggeräumt worden war, sagte Barbara, die das Geschehen, ebenso wie Rebecca, stumm verfolgt hatte:

»Ich wollte dich etwas fragen ... Hättest du Lust, mit mir ein paar Beethoven-Violinsonaten zu spielen?«

Rebecca war überrascht, antwortete aber nach einem kurzen Augenblick:

»Ja, sicher.«

»Können wir uns morgen um drei Uhr in meiner Wohnung treffen?«

»Ja, kein Problem ... Dann komme ich morgen zu dir.«

»Schön«, antwortete Barbara, bevor sie sich auf den Weg nach Hause machten.

Als sie gerade die Musikhochschule verlassen wollten, bemerkten sie eine Gruppe von fünf jungen Frauen, die ein etwa 16-jähriges Mädchen umringten und offenbar von ihm verlangten, ihnen seine Uhr und allen Schmuck zu geben. Das Mädchen versuchte weiterzugehen, wurde aber von den jungen Frauen daran gehindert. Schließlich gab die 16-Jährige ihnen widerstrebend ihre Uhr, doch die Gruppe ließ noch nicht von ihr ab. Eine der jungen Frauen zeigte auf die großen goldenen Ohrringe des Mädchens, das entschlossen den Kopf schüttelte und auf keinen Fall bereit schien, sie abzunehmen. Rebecca und Barbara hörten, wie die Wortführerin das Mädchen laut anherrschte, und sahen kurz darauf, wie die junge Frau blitzschnell die Ohrringe ergriff und herausriss. Das Mädchen schrie auf und fiel weinend auf die Knie, während die Gruppe weiterging, nachdem die Anführerin dem Mädchen anscheinend noch eine verächtliche Bemerkung zugerufen hatte. Rebecca und Barbara waren zunächst für einen Augenblick starr vor Entsetzen, liefen dann aber zu dem Mädchen, das sich vor Schmerzen wand und mit den Händen seine Ohren bedeckte. Mehrere Passanten hatten das Geschehen verfolgt, doch wagte niemand, die Gruppe zu verfolgen, weil alle wussten, dass sie im Zweifelsfall die Bruderschaft der Gerechtigkeit oder eine andere militante Organisation zu Hilfe rufen würde. Rebecca und Barbara halfen dem Mädchen aufzustehen und brachten es in die Musikhochschule. Während Barbara einen Verbandkasten holte, versuchte Rebecca, so gut es ging, das Mädchen zu trösten, das noch immer verzweifelt weinte. Als Barbara zurückkehrte, betrachteten die beiden erschrocken das blutüberströmte Gesicht und die zerfetzten Ohrläppchen und stillten die Blutungen, bevor sie das Mädchen in die Ambulanz eines nahegelegenen Krankenhauses brachten. »Die Wunden müssen genäht werden«, sagte der diensthabende Arzt und fügte hinzu: »Das ist nicht der erste solche Fall heute ... Es ist eigentlich nur noch eine Frage der Zeit, bis es die ersten Toten gibt.« Als Barbara und Rebecca das Krankenhaus verließen, sahen sie sich nur wortlos an, bis Barbara sagte: »Pass auf dich auf! ... und bis morgen« »Bis morgen«, erwiderte Rebecca, bevor sie mit der Straßenbahn nach Hause fuhr, wo Christian schon auf sie wartete.

»Gut, dass du wieder zu Hause bist«, sagte er.

»Ich bin auch froh, dass ich wieder hier bin«, entgegnete Rebecca und erzählte ihm alles, was sich ereignet hatte.

»Die Lage spitzt sich immer mehr zu«, fuhr Christian fort. »Ich hatte übrigens heute ein ähnliches Erlebnis wie du. Nachdem ich eingekauft hatte, sah ich in der Nähe des Supermarkts eine Gruppe, die einen etwa 15-jährigen Jungen bedrängte und offenbar von ihm verlangte, seine Wertgegenstände herauszugeben. Als er das nicht sofort tat, sind sie über ihn hergefallen und wollten ihn zusammenschlagen. Glücklicherweise haben drei junge Männer das Geschehen beobachtet, und wir sind zusammen hingelaufen und haben die Angreifer vertrieben ... Der Junge hatte hinterher Gott sei Dank nur ein paar blaue Flecken.«

Statt einer Antwort nickte Rebecca stumm, und die beiden umarmten einander.

Am nächsten Tag trafen sich Barbara und Rebecca, wie verabredet, in Barbaras Wohnung, und Rebecca begleitete Barbara bei mehreren Violinsonaten. Nachdem sie fertig waren, ging Barbara in die Küche, um Tee zu kochen. Während sie wartete, warf Rebecca einen kurzen Blick auf den Notenstapel auf Barbaras Klavier und sah, dass Barbara wie zufällig ein Exemplar von George Orwells Roman »1984« unter den Noten verborgen hatte.

»Ich sehe, dass du doch nicht alle verbotenen Bücher verbrannt hast ... Auch von klassischer Musik hast du dich offenbar nicht ganz getrennt«, sagte Rebecca, als Barbara zurückkam.

»Richtig«, antwortete Barbara. »Weißt du ..., ich muss ehrlich gestehen, dass ich schon seit einiger Zeit wachsende Zweifel an dieser Bewegung und an all dem habe, was wir jetzt erleben. Am Anfang habe ich voll und ganz an ›Savonarola‹ geglaubt, aber jetzt ... Die Leute werden immer fanatischer, und der Glaube an den angeblich bevorstehenden Weltuntergang wird immer verrückter. Ich habe den Eindruck, dass alles eigentlich nur noch dazu dient, die Menschen einzuschüchtern und sie gefügig zu machen ... Und nicht zuletzt nimmt die Gewalt immer mehr zu ... Wir haben es ja gestern selbst erlebt.«

»Ja, leider«, erwiderte Rebecca, und Barbara fuhr fort:

»Ich weiß, dass du der ganzen Entwicklung ablehnend gegenüberstehst, und ich muss sagen, dass du recht hast ... Eigentlich habe ich mich nur um die Leitung des ›Savonarola‹-Seminars beworben, um zu verhindern, dass eine dieser Fanatikerinnen die Leute so in die Enge treibt, wie es in anderen Gruppen geschieht.«

»Ich habe es gemerkt ... Es war fast unübersehbar ... Leider habe ich gehört, dass Britta dir beim letzten Mal vorgeworfen hat, die Ziele der Organisation zu sabotieren.«

»Das stimmt, und du weißt, was das bedeuten kann ... Möglicherweise werde ich die Gruppe am nächsten Mittwoch nicht mehr leiten ... Wir werden sehen.«

»Ich hoffe nicht, dass Britta die Leitung übernimmt ... Im Zweifelsfall würde ich überhaupt nicht mehr teilnehmen und die Exmatrikulation in Kauf nehmen, wie mein Freund es getan hat.«

»Wenn es bei der Exmatrikulation bleibt ... Ich kenne ›Savonarola‹ und die Diskussionen innerhalb der Organisation ... Offen gesagt, mir graut vor dem, was kommt.«

»Das kann ich verstehen«, entgegnete Rebecca. »Das Einzige, was wir tun können, ist zusammenzubleiben und zu hoffen, dass alles irgendwann zu Ende geht.«

»Ja ...«, sagte Barbara, bevor sie sich zum Abschied kurz umarmten.

Am nächsten Mittwoch betrat Barbara den Übungsraum, in dem Rebecca gerade spielte, und sagte:

»Ich will dich nicht stören ...«

»Nein, nein, kein Problem«, erwiderte Rebecca.

»Ich wollte dir nur sagen, dass ich gerade erfahren habe, dass

Britta heute zur neuen Leiterin unseres ›Savonarola‹-Seminars bestimmt wurde ... Ich weiß nicht, ob du unter diesen Umständen überhaupt noch hingehen willst. Du weißt, was uns bevorstehen könnte.«

»Ich nehme an, dass du auch weiterhin an dem Seminar teilnehmen wirst, nur nicht als Leiterin.«

»Richtig, und ich muss mich darauf einstellen, dass Britta mich heftig in die Mangel nehmen wird. Das dürfte freilich nicht die einzige Konsequenz sein, auf die ich mich vorbereiten muss ... Mir wurde schon gesagt, dass ich mit einer Anzeige wegen Sabotage eines Staatsziels rechnen muss. Das kann eine Bewährungsstrafe und ein Therapieseminar oder gar eine Gefängnisstrafe bedeuten ... Und was sich in den Gefängnissen abspielt, möchte ich gar nicht beschreiben.«

»Ich fürchte, es ist noch schlimmer, als wir es ahnen.«

Barbara nickte und fuhr fort: »Es ist leider zu befürchten, dass Britta dich und einige andere unter starken Druck setzen wird und dass jede falsche Aussage zu schweren Sanktionen führen kann.«

Nach einem Augenblick des Nachdenkens erwiderte Rebecca: »Ich werde trotzdem hingehen, weil ich dich in dieser Situation nicht im Stich lassen will ... Ich glaube, es ist wichtig, dass wir uns gegenseitig unterstützen, solange es irgend möglich ist.«

»Danke«, antwortete Barbara.

Einige Stunden später trafen sich die Mitglieder von Rebeccas Seminargruppe in einem der Räume im Erdgeschoss, in denen, wie in den Seminaren üblich, die Stühle im Kreis aufgestellt waren.

Zu Beginn der Seminarsitzung sagte Britta: »Wie viele von euch bereits wissen, bin ich zur neuen Leiterin des Seminars ernannt worden. Barbara hat leider zu viele Fehler gemacht und vor allem unsere Ziele zu sabotieren versucht. Wir vermuten, dass sie die Leitung des Seminars nur übernommen hat, weil sie heimlich mit den Gegnern von ›Savonarola‹ sympathisiert und verhindern wollte, dass eine andere Leiterin mit der nötigen Strenge und Entschlossenheit vorgeht und deutlich macht, dass jede Zurückhaltung oder gar Ablehnung gegenüber den Zielen unserer revolutionären Bewegung ein Verbrechen an uns, an zukünftigen Generationen und an der Menschheit ist. Das wird sich jetzt ändern. Ich und andere entschiedene Unterstützerinnen von ›Savonarola‹ in unserer Gruppe werden dafür sorgen, dass es keine Schonräume und keine Rückzugsmöglichkeiten mehr geben wird ... Und was Barbara angeht, wird sie die Folgen ihres heimtückischen Verhaltens zu spüren bekommen. Zunächst jedoch fordere ich sie auf, sich unserer Kritik zu stellen und vor der Gruppe ihre Fehler einzugestehen.«

Daraufhin gab Britta Barbara ein Zeichen, deutete auf die leere Fläche in der Mitte des Stuhlkreises und sagte mit gebieterischer Stimme:

»Knie dich da hin und senke den Kopf als Zeichen der Demut und des Eingeständnisses deiner Schuld!«

Während Rebecca und einige andere die Szene voller Entsetzen verfolgten, trat Barbara nach kurzem Zögern in die Mitte des Kreises und kniete nieder.

»Gibst du zu, dass du die Ziele unserer Bewegung verraten und durch dein Verhalten die Zukunft der Menschheit gefährdet hast?«, fragte Britta.

»Lasst es mich erklären ... Ich wollte nur ...«, sagte Barbara, doch eine andere Teilnehmerin unterbrach sie sofort in rüdem Ton:

»Niemand hier will deine sogenannten Erklärungen hören! Du bist einfach nur ein widerwärtiges Schwein!« Nach diesen Worten stand die junge Frau auf, gab Barbara eine hasserfüllte, lautstarke Ohrfeige und spuckte ihr ins Gesicht.

Während einige Teilnehmerinnen aufschrien und Barbara sich den Schleim abwischte, öffnete sich die Tür. Ein junger Mann betrat den Raum, warf einen kurzen Blick auf das Geschehen und sagte mit hämischem Grinsen:

»Tut mir leid, dass ich euer Tribunal stören muss ... Wir brauchen die Räume heute und in den nächsten Tagen für dringende Besprechungen. Es geht um neue Aktionsformen in der Zukunft ... Ihr könnt am Montag weitermachen. Vielleicht wisst ihr bis dahin noch besser, wie man mit solchen Leuten umgeht.«

»Ganz bestimmt«, erwiderte Britta und fügte, zu Barbara gewandt, hinzu: »Du und einige andere können über das Wochenende schon mal ihre Phantasie spielen lassen.« Schließlich kündigte sie an, dass die nächste Seminarsitzung am kommenden Montagnachmittag stattfinden solle.

Danach verließen bis auf Britta und den jungen Mann alle den Raum, während manche Seminarteilnehmerinnen Barbara feindselige Blicke zuwarfen.

Nachdem Rebecca und Barbara so schnell wie möglich das Konservatorium verlassen hatten, sagte Rebecca:

»Mein Gott, ich weiß nicht, was ich sagen soll, um dich zu trösten.«

»Es geht schon wieder«, antwortete Barbara. »Aber ich wage nicht mir vorzustellen, was uns am Montag bevorsteht.«

»Ich auch nicht.«

»Alles gerät mehr und mehr außer Kontrolle ... Ich fürchte, dass es jetzt kein Halten mehr gibt.«

»Ja ...«, erwiderte Rebecca und fuhr nach einem Augenblick fort:

»Willst du für ein paar Stunden zu uns kommen? Dann bist du nicht ganz allein in deiner Wohnung ...«

»Ja, gerne«, erwiderte Barbara, bevor sie die Straßenbahn bestiegen, die sie in das Stadtviertel brachte, in dem Rebecca lebte.

Zu Hause erzählte Rebecca Christian, was sich ereignet hatte. Daraufhin sagte Christian zu Barbara:

»Wir werden tun, was wir können, um dir zu helfen.«

»Ich werde es gebrauchen können, solange es noch möglich ist ... Ich glaube, dass ich bald in Untersuchungshaft genommen werde ... Zuerst aber werde ich noch ein ausführliches Ritual der Demütigung über mich ergehen lassen müssen.«

»Es sei denn, du nimmst an den nächsten Seminarsitzungen nicht mehr teil«, erwiderte Christian.

»Ich fürchte, das würde meine Lage nur noch verschlimmern, denn wenn ich mich dem ›Tribunal‹ entziehen würde, könnte ich auf keinen Fall mehr mit einer Bewährungsstrafe und einem Therapieseminar rechnen, sondern käme sofort ins Gefängnis und würde dort einer verschärften Behandlung unterzogen, die ...« sagte Barbara und fuhr nach einem Augenblick fort: » ... in der Regel tödlich endet.«

»Ich verstehe«, antwortete Christian. »Du kennst aus deiner Mitarbeit bei ›Savonarola‹ die Verhältnisse noch besser als wir.«

»Ja, leider ... Und ich kann alle nur warnen vor dem, was kommt.«

Christian und Rebecca senkten beide stumm den Kopf, bevor Rebecca sagte:

»Du kannst jederzeit zu uns kommen ... Auf diese Weise sind wir alle nicht allein.«

»Das Angebot werde ich in den nächsten Tagen gerne annehmen«, erwiderte Barbara.

Anschließend kochte Rebecca eine Tasse Tee, und die drei hörten schweigend eine Weile Musik und hingen ihren Gedanken nach, bevor Barbara sich verabschiedete, um nach Hause zu gehen.

Nachdem sie gegangen war, sagte Rebecca zu Christian:

»Mein Gott, es ist noch viel schlimmer, als ich es befürchtet hatte.«

»Ja ... Ich glaube, jetzt kann uns fast nur noch ein Wunder retten«, antwortete Christian.

Drei Tage später, am Samstag, fuhr Rebecca gegen ein Uhr zur Musikhochschule, um acht bis neun Stunden üben zu können, ohne auf die Nachbarn Rücksicht nehmen zu müssen. Nachdem sie fertig war, beschloss sie, nach dem langen, anstrengenden Tag am Main entlang nach Hause zu laufen, um etwas frische Luft zu schöpfen. Als sie einen Teil des Weges zurückgelegt hatte und sich kurz vor der Friedensbrücke befand, hörte sie lautes Geschrei und blickte nach oben auf die Brücke, wo sie ein etwa 17-jähriges Mädchen mit langen, blonden Haaren sah, das immer wieder angsterfüllt auf eine Gruppe junger Leute blickte, die es offenkundig verfolgten und Parolen skandierten, die Rebecca wegen der Entfernung kaum verstehen konnte. Die Verfolger kamen dem Mädchen langsam immer näher und hatten anscheinend ein ausgeprägtes Vergnügen daran, ihr Opfer in Angst und Schrecken zu versetzen. Dies galt vor allem für die Anführer, von denen einer zweimal mit dem Zeigefinger der rechten Hand eine Bewegung machte, als wolle er sich die Kehle durchschneiden. Als die aggressive Horde nur noch wenige Meter von dem Mädchen entfernt war, bemerkte Rebecca, dass sich von der anderen Seite der Brücke rasch eine zweite Gruppe näherte und dass das

Mädchen von Panik erfüllt stehenblieb und sich noch einmal kurz umsah. Dann kletterte die 17-Jährige mit verzweifelter Entschlossenheit auf das Brückengeländer und stürzte sich in den Fluss, nachdem ihre Verfolger noch erfolglos versucht hatten, sie zurückzuhalten. Rebecca sah zu ihrem Entsetzen, wie sie im Wasser versank und wie ihr Kopf nur noch wenige Male wieder auftauchte, während sie rasch abgetrieben wurde, weil der Main in diesen Tagen nach längeren Regenfällen Hochwasser führte. Passanten blieben erschrocken stehen, und zwei junge Männer, die offenbar geübte Schwimmer waren, sprangen sogar ins Wasser, mussten aber nach wenigen Augenblicken zum Ufer zurückkehren, weil die Strömung zu stark war. Während die Sirenen von Krankenwagen ertönten, kehrte Rebecca so schnell wie möglich nach Hause zurück, wo sie Christian von den Ereignissen erzählte.

»Das ist wahrscheinlich hier in Frankfurt das erste Todesopfer ... Wer weiß, wie viele noch folgen und wie es anderswo aussieht?«, antwortete er.

Rebecca nickte, und beide blickten einander mit einem Ausdruck stummen Erschreckens ins Gesicht.

Als Rebecca am nächsten Morgen nach einer unruhigen Nacht aufwachte, war Christian in der Küche bereits dabei, sein Frühstück zuzubereiten, während er aufmerksam die Nachrichten im Radio verfolgte.

»Anscheinend schlägt der verzweifelte Selbstmord, den du gestern miterlebt hast, hohe Wellen«, sagte er. »Die junge Frau konnte natürlich nicht mehr gerettet werden, und ihre Leiche wurde wenig später an einer Schleuse geborgen. Freilich war sie nicht irgendein Mädchen, sondern die einzige Tochter eines Mitglieds des Ausschusses für weltweite Wohlfahrt und Gerechtigkeit ... Und es ist scheinbar nicht der einzige solche Fall. Es wird jetzt offen darüber gesprochen, dass das Mädchen in den Main gesprungen ist, weil es das Schlimmste befürchtete ... eine Gefängnisstrafe und ein grausames Ritual öffentlicher Demütigung, das zu den ›neuen Aktionsformen‹ gehört, über die in den letzten Tagen gesprochen wurde. Nach den Berichten war geplant, ›Verräter‹ und ›Saboteure‹ auf öffentlichen Plätzen anzuketten und die Leute aufzufordern, ihnen ›die Meinung zu sagen‹, sie zu misshandeln und die ganze Tortur mit ihren Smartphones aufzuzeichnen, wobei fast alles erlaubt gewesen wäre, außer sie direkt umzubringen. Um sie zu quälen und zu demütigen, sollte ihnen unter anderem eine mit Dornen gespickte Metallkugel in den Mund gesteckt werden, so dass stundenlang Blut und Speichel herausgelaufen wären … Du kannst dir vorstellen, in was für einem Zustand die Opfer gewesen wären, nachdem sie über mehrere Stunden hinweg geschlagen, getreten, bespuckt und beschimpft worden wären. Außerdem wären die Bilder überall im Internet abrufbar gewesen und hätten für sie den sozialen Tod bedeutet.«

»Mein Gott …«, antwortete Rebecca, und Christian umarmte sie, während der Nachrichtensprecher eine wichtige Meldung ankündigte. Kurz darauf hörten die beiden, dass mehrere Mitglieder des Ausschusses für weltweite Wohlfahrt und Gerechtigkeit mit sofortiger Wirkung zurückgetreten seien und dass das Gremium weiter tage.

Als Rebecca ihr Smartphone einschaltete, sah sie eine lange Reihe von Berichten über heftige Auseinandersetzungen innerhalb des Wohlfahrtsausschusses und über Verhaftungen von radikalen Politikern und »Savonarola«-Mitgliedern. Zwei Stunden später wurde schließlich im Fernsehen eine Pressekonferenz des neuen Vorsitzenden des Wohlfahrtsausschusses übertragen, in der er davon sprach, dass eine kleine Gruppe die Macht habe an sich reißen wollen und deshalb radikale Kräfte unterstützt habe, die auch vor verbrecherischen Methoden nicht Halt gemacht hätten. Der Wohlfahrtsausschuss in seiner neuen Zusammensetzung werde die Revolution weiterführen, sie jedoch in geordnete und gemäßigtere Bahnen lenken und die Verantwortlichen für die Exzesse der vergangenen Monate zur Rechenschaft ziehen.

»Es scheint, dass uns doch noch das Schlimmste erspart bleibt«, sagte Rebecca.

»Ja … Ich hatte kaum noch zu hoffen gewagt, dass es so kommen würde«, antwortete Christian und fuhr fort: »Es ist der Thermidor der Weltrevolution, die begonnen hatte, ihre eigenen Kinder zu fressen. Erst als auch immer mehr Mitgliedern des

Wohlfahrtsausschusses das Wasser bis zum Hals stand, haben sie in letzter Minute revoltiert und hoffentlich den schlimmsten Spuk beendet. Wir werden ja sehen, wie es jetzt weitergeht.«

Als Barbara am Nachmittag zu Besuch kam, erzählte sie Rebecca und Christian, dass für die nächsten Wochen alle »Savonarola«-Seminare abgesagt seien, und fuhr fort:

»Ich weiß nicht, ob sich die Bewegung jetzt ganz auflöst oder ob sie eine neue, gemäßigtere Richtung einschlagen wird ... Auf jeden Fall habe ich aufgeatmet, als ich heute Morgen die Nachrichten gehört habe. Wie ihr euch denken könnt, habe ich in der letzten Nacht kaum geschlafen.«

»Das ist kein Wunder«, entgegnete Rebecca. »Wir waren beide tief entsetzt, als wir von den ›neuen Aktionsformen‹ erfahren haben, die offenbar in Vorbereitung waren.«

»Ich wäre auch eine Kandidatin dafür gewesen«, sagte Barbara.

»Ja, leider ... Aber das ist jetzt vorbei«, erwiderte Rebecca und umarmte Barbara.

In den Tagen nach diesen Ereignissen lasen Christian und Rebecca, dass es eine begrenzte Amnestie für Gefangene geben werde, die aus politischen Gründen inhaftiert seien. Gleichzeitig wurden immer neue Einzelheiten der Zustände in den Gefängnissen bekannt, die in der Öffentlichkeit wachsende Empörung hervorriefen, ebenso wie eine große Zahl von Selbstmorden vor allem unter Jugendlichen in den Wochen und Monaten zuvor, die jetzt offen mit den politischen Verhältnissen in Verbindung gebracht wurden.

Nach etwa vier Wochen erhielt Christian die Nachricht, dass seine Zwangsexmatrikulation widerrufen worden sei und dass er sein Studium wiederaufnehmen könne. Die »Savonarola«-Seminare an der Universität und an der Musikhochschule wurden zwar weitergeführt, doch war ihr Besuch nicht mehr verpflichtend. Barbara, die eine immer engere Freundschaft mit Rebecca und Christian verband, hatte zu diesem Zeitpunkt längst beschlossen, sich nicht mehr daran zu beteiligen, da sie, wie sie es ausdrückte »von ihrem Glauben geheilt« sei.

Etwa zwei Monate später verbrachte Rebecca zumeist fast den ganzen Tag an der Musikhochschule, um sich auf die unmittelbar bevorstehende Abschlussprüfung vorzubereiten. An einem Spätsommerabend hatte sie bis nach zehn Uhr geübt und war gerade dabei, ihre Sachen zu packen, als eine knapp 30-jährige Frau mit dunkler Hautfarbe den Raum betrat, die offenbar zum Reinigungspersonal gehörte.

»Kann ich anfangen, hier sauberzumachen?«, fragte sie.

»Ja, sicher«, antwortete Rebecca.

»Es ist fast schade, dass Sie schon fertig sind. Ich höre ausgesprochen gerne Musik.«

Rebecca lächelte, und die junge Frau fuhr nach einem Augenblick fort:

»Ich hätte selbst auch gerne ein Instrument gelernt, aber leider war das nicht möglich.«

»Das tut mir leid ..., aber es ist nie zu spät«, erwiderte Rebecca und sah aufmerksam in das Gesicht der jungen Frau, die Rebeccas Sympathie und Anteilnahme spürte.

»Ja, wer weiß?«, entgegnete sie und sagte, wie von einer geheimnisvollen Kraft getrieben, nach einem Moment des Zögerns: »Ich habe übrigens vor nicht allzu langer Zeit die Bekanntschaft einer Ihrer Professorinnen gemacht.«

»Wie heißt sie?«, fragte Rebecca.

»Steffi Weber.«

»Waren Sie in einem Ihrer Konzerte?«

»Nein, wir haben uns bei einer ganz anderen Gelegenheit getroffen.«

»Kennen Sie sie näher?«

»Ja«, antwortete die junge Frau, und Rebecca spürte, dass sie ein wenig unsicher wirkte.

»Sie war eine meiner Lehrerinnen«, sagte Rebecca und fuhr fort: »Wir kennen uns ziemlich gut. Frau Weber lebt mittlerweile in Amerika, nachdem sie hier leider einige Probleme hatte.«

»Ja ... Dann wissen Sie sicher von dem Therapieseminar, das sie besuchen musste.«

»Natürlich. Aber diese Zustände gehören ja jetzt hoffentlich für immer der Vergangenheit an.«

»Ja ...«, erwiderte die junge Frau und senkte den Kopf. Dabei bemerkte Rebecca, dass ein Teil ihrer schwarzen, lockigen Haare bereits ergraut war und dass ihr Körper beinahe abgemagert wirkte. »Bei diesem Seminar haben wir uns kennengelernt, und Steffi, ich meine, Frau Weber, hat mir sehr geholfen.«

»Ist Ihr Name vielleicht Désirée?«, fragte Rebecca nach einem Augenblick.

»Ja ...«, entgegnete die junge Frau verblüfft.

»Es ist einer dieser unglaublichen Zufälle, dass wir uns hier begegnen ... Steffi hat mir bei einem Besuch vor ihrer Abreise nach Amerika von Ihnen erzählt. Was Sie bei diesem sogenannten Seminar erlebt haben, war schrecklich.«

»Ja ...«, entgegnete Désirée, und Rebecca spürte, wie schwer die Erinnerungen auf ihrer Seele lasteten.

»Haben Sie noch Kontakt zu Steffi?«

»Ja ... Sie hatte mir nach dem Ende des Seminars ihre Adresse gegeben, und ich habe ihr vor ein paar Tagen eine Mail geschrieben. Ich bin froh, dass es ihr in Amerika gutgeht, obwohl in den vergangenen Monaten auch dort die politischen Verhältnisse schwierig waren.«

»Ja ...«, erwiderte Rebecca und fuhrt fort: »Ich hoffe, dass sich jetzt auch für Sie vieles verbessern wird.«

»Das glaube ich schon ... Ich werde bald die Abendschule besuchen, um das Abitur nachzuholen. Danach möchte ich gerne Maschinenbau studieren, wenn möglich in Amerika. Steffi hat versprochen, mir bei der Auswanderung zu helfen.«

Rebecca lächelte und sagte: »Das wird sie sicher tun. Ich glaube, sie hängt an Ihnen und an den anderen Frauen, die sie in diesem Therapieseminar kennengelernt hat. In einer Mail hat sie vor einiger Zeit einmal kurz erwähnt, dass sie Alpträume hatte und sich immer wieder fragte, wie es ihren ehemaligen Leidensgenossinnen ging. Ich hatte das Gefühl, dass Steffi um Ihr Leben fürchtete.«

»Die Angst war leider nicht unbegründet ... Ich war bis vor zwei Wochen im Gefängnis, bis die meisten politischen Gefangenen aufgrund der Amnestie entlassen wurden«, sagte Désirée, und Rebecca bemerkte, dass sie beinahe mit den Tränen kämpfte, bevor sie fortfuhr: »Es war knapp, aber ich habe überlebt.«